KB266049

산다는 것을 포기한 뒤

산다는 것을 포기한 뒤

산다는 것을 포기한 뒤

초판 1쇄 인쇄일 2026년 4월 8일
초판 1쇄 발행일 2026년 4월 15일

지은이 기문열
펴낸이 양옥매
디자인 송다희 표지혜
교 정 조준경
마케팅 송용호

펴낸곳 도서출판 책과나무
출판등록 제2012-000376
주소 서울특별시 마포구 방울내로 79 이노빌딩 302호
대표전화 02.372.1537   **팩스** 02.372.1538
이메일 booknamu2007@naver.com
홈페이지 www.booknamu.com
ISBN 979-11-6752-784-4 (03800)

산다는 것을 포기한 뒤

기문열 지음

책과나무

사랑이란

끌림이나 감정, 은애隱愛는 사랑이 아니다.

관심, 배려, 이해, 존중도 성품이지 사랑이 아니다.

시간에 져서 변하는 것은 무상無常이다.

지나가는 무상에서 이치와 가치, 방향을 찾아내고,

주관의 말과 살아 냄의 행行이 같아야 겨우,

사랑의 출발선이자 사랑다움의 자격이다.

(중략)

변하지 않는 항심恒心에 시간이 녹아들고,

시간이 아깝지 않은 항심이 사랑이다.

시간을 같이 쓰고 싶음이 사랑이고,

시간을 같이 쓰고 있는 현실이 사랑이다.

죽음과 경험을 넘으며 건져 낸 늘그막 철학,

사랑은 결국 시간과 깨끗한 돈을 줌이었다.

〈사랑이란 3〉 중에서

책 출간의 잣대

젊은 날엔 시집詩集 한 권을 사도, 괜찮은 사유思惟의 방식이 있으면 만족했다. 책 속에 새로운 가르침이 있으면 밑줄 치고 모셔 두기도 했다. 세상살이에 많이도 속고, 알아도 넘기며 온 늘그막은 어떤가.

유명 작가라도 가치관에 물질 추구가 먼저이면 읽다가도 폐기했다. 철저히 숨겨도 관심과 속내의 방향은 읽힌다. 참아 내며 읽다가도, 내가 경험으로 알게 된 진실과 시각에 어긋나면 읽기를 중지하고 무조건 폐기했다. 인용으로 아는 척을 하거나, 짜깁기가 많은 책도 읽다가 버렸다.

유명 문인들도 그런 글에서 자유롭지 않다고 생각한다. 글을 필사筆寫해 보면 세밀한 것도 간파가 된다. 글에도 스스로 만들어 지키는 원칙과 자존심이 없으면 문인의 자격이 없다고 여긴다. 세상에 해害를 끼치거나 어지럽게 할 여지가 있는 책은 쓰레기로 취급했다.

제법 오랜 공부와 9번의 죽음을 넘으며 알게 된 진실 몇 개가 있었다. 몸으로 겪은 보이지 않는 세상의 진리나 원칙과 다르면, 그

개인의 삶까지 나는 의심한다.

어디가 아픈가를 물으면 어찌 아느냐고 깜짝 놀란다. 왜 아픈가의 이유를 어쩌다 말해 주면, 거의 다 말이 없거나 부끄러워했다. 말과 행行이 다른 이들은 그때부터 연락도 끊었다. 부끄러운 치부를 내게 들키면 무조건 숨었다. 위선僞善이 드러나도 참회나 고쳐감이 없었다. 진실한 이웃의 삶들은 드러냄도 없지만, 대중 대부분은 위선의 겉모습들에 많이들 속고 산다.

기성 문인文人이 아니라 그런지, 책의 출간에서도 자꾸 걸려 넘어졌다. 그래서 출판사 출간 담당자께 마지막으로 요구했다. "책이 전하고자 하는 메시지가 세상에 득得이 되고 아니 되고로 출간 여부를 결정하시라."고.

늘그막에 모아 가는 가난한 살림살이의 돈도 투입된다. 세상에 득이 되기도 참 난관이 많다. 문장의 용어 하나에도 양심을 담았는데, 믿지 못할 내용이라서 거부한다는 대형 출판사의 반응도 있었다.

눈에 보이는 세상은 거대하고 오래된 극악極惡의 집단이 만들어 왔다. 정치, 법조, 교육, 의료, 역사, 언론, 문화계 등 거의 모든 집단이 돈과 명예와 물질을 취했다. 거짓과 가짜가 세상을 덮은 사악한 시대가 되었다.

건강 정보와 생수, 먹거리까지 해를 끼치는 세상에서 책 출간도 마찬가지다. 속고 살거나 모르고 사는 세상살이가 안타까웠다. 술과 담배의 차이나 49재와 천도재의 차이, 영혼靈魂에 대한 글은 목숨을 걸고 썼다. 믿기 어려운 진실, 진리 하나라도 알려 드리고 싶었다.

　책 출간을 거듭 검토했다. 한 조각의 꾸밈이나 거짓이 섞였을까, 하나의 쓰레기라도 들어갔을까 양심껏 점검했다. 글의 내용은 믿거나 말거나지만, 알게 된 자의 도리를 쓸쓸하지만 택한다. 몸이 살아 있을 때 육체가 해야 할 일이었다. 집안 후대가 부담할 집안의 일까지도 최대한 빨리 마무리하기로 했다.

　덜 부끄럽기 위함에도 돈과 마음이 쓰인다. 이기심과 욕심, 계산하는 삶의 차이다. 목숨 구명은 살아 있음이 기적임을 알게 했고, 보이지 않는 세상의 은혜에 감사하게 하면서 살아 있는 자의 도리를 자꾸 찾게 한다. 남아 있는 날에 할 수 있는 모든 행위는 불로소득 같은 마진으로 여기며 살아 낸다. 세 번의 숙고를 거쳐, 천천히 책을 출간하기로 결정한다.

2026년 3월 20일

차례

1부

연화蓮華는 가득했다

다육이에게 1

이십 년을 곁에 둔 수련과 연꽃.
그들을 들여다보듯 너를 보았어.
연화蓮花를 닮은 너의 자태들이 끌림의 시작이었지.
투입되던 시간과 손길 외에,
국민이라는 경제적 이유도,
너에게 다가갈 수 있던 조건이었어.

빈 것은 무언가로 채워지는 이치처럼,
포로같이 너에게 붙잡혀 갔어.
집을 비우는 날이 제법 길어도,
어떤 요구도 없는 너의 성정性情이 특히 좋았어.
처음 만난 석연화는 연화蓮花라는 이름만으로도 나를 압도했지.
보이지 않거나 보이는 세상 모두,
연화장세계蓮華藏世界가 시작되었기 때문이었어.

너와 어울리는 그릇에 담아 주기만 해도,
자태를 자랑하며 세월도 담아 갔지.
무탈하게 자신을 키우던 너에게서,

변함없는 너의 법法과 인내를 보았어.

바르면 저절로 세워지는 법法.

너에 대한 믿음이 그러했기에,

예뻐하는 이들에게 너를 보내기도 쉬웠어.

세상살이에 부대끼고 찌들어도,

결코 타협하지 않는 너의 본분本分도 보았지.

홀로 있게 하거나 합식을 해도,

불평하거나 언설言說의 기색도 없었어.

바람과 물, 흔하디흔한 햇빛을,

적당하게만 요구할 뿐이었어.

평화롭게 자리를 잡던 너의 세월에는,

존중하는 본성本性 같은 정신이 있었어.

공생共生이 기본이라는 품격도 있었어.

상대의 그릇에 맞추던 인품도 보았지.

분盆의 크기에 맞추며 살아 내는,

나를 너에게 맞춰 갈 수 있다는 것.

그것은 이기와 욕심들이 가득한 세상에서,

알뜰히도 귀한 빛남이고 길의 안내案內였어.

철哲든 눈眼들이 알 만한,

너의 비움이자 채움이었어.

얼굴 크기를 줄이거나 공기뿌리를 만들면서,

너는 언제나 솔직하게 표현했지.

때로는 몸의 일부를 떨어뜨리며,

너의 키와 색깔로도 얘기해 주었지.

꾸미거나 숨김없이 소통하며 산다는 것은,

투명하고 밝게 산다는 것.

너의 안과 밖은 그렇게 떳떳했어.

모진 여건을 견디고 이겨 내는 것도 보았지.

담긴 물이 목욕물 온도가 되던 뜨거운 햇살에도,

살아 내기 위해 얼굴을 바꿔 버리는 너를 보았어.

많이 미안했지만 경이롭고 신기했어.

깊은 감동으로 다시 보기 시작했지.

뿌리와 잎장에서 만드는 너의 힘을,

어떻게 쓰는지를 추측하기 시작했어.

완벽한 의지와 생명력에 더해진,

완벽한 너의 실천도 보았어.

어느 날 갑자기 너는 떠났지.

부랴부랴 보따리를 잡아도 소용이 없었어.

더 이상 살아 낼 자신이 없는 임계점에서야,

미련 없이 모든 것을 놓아 버리는,

삶과의 이별 방식도 보았어.

후회나 회한의 흔적이라고는 없는 경건함.

섬뜩한 고요의 가르침이었지.

너와 함께한 세월들을 기억해.

나를 가르친 고귀한 추억이야.

투명하게 소통하며 사는 떳떳한 방식.

여건과 상대의 크기에 맞춰 가는 자애慈愛의 방식.

얼굴까지 바꾸며 가는 최선의 생존 방식.

때가 차면 전부를 놓아 버리는 이별 방식으로,

내게 머무르며 나를 가르쳤어.

어떻게 살아 낼까.

어떻게 변해 갈까.

너를 만지고 들여다보며 늘 생각에 잠겨.

존재의 의미를 다시 점검하며 장착해.

나눌 수 있는 실탄은 있는 것인지,

가슴이 비워질 때마다 너를 보며 채워.

바람과 햇빛을 특히 사랑했던 너.

너를 보며 웃었고, 대화했고,

미안했고, 쓰담쓰담으로 행복했어.

2021年 9月 2日

수련에게

놀라움으로 반짝이던 나의 눈.
너와의 첫 만남은 그랬을 거야.
그늘 없는 넓은 농장을 어떻게 만들어 갈까.
고민 중에 너를 만났고 단번에 너에게 붙잡혔어.
푸른 청련靑蓮을 찾아 전국을 다니기도 했지.

온갖 용기에 담아 가게 앞 자갈밭 위에 둔 너희들은,
길손의 시선을 빼앗기에도 충분했어.
비가 오는 날이면 주광색으로 조명을 바꾸고,
백여 종의 너희들을 바라보는 즐거움은 컸어.
뒤로 묶은 긴 머리로 머슴처럼 일만 했지만,
날마다 풀과 싸우던 내겐 위로의 시간이 되었지.

돌보지 못할 이유로 갑자기 너희들을 떠나보냈어.
오랜 세월 곁에 두다 놓아 버린 이유는,
형편에 맞지 않는 격格 때문이었어.
넓은 마당과 햇살 가득한 전원이 너와 어울리기에,
연인과 헤어지듯 너를 놓았어.

사랑하지만 헤어져야 한 이유는 숨어 있는 것처럼.

서로의 잘잘못은 거기까지만 운명이라 감당하고,

덮고 놓으며 사는 것이 낫다는 판단이었어.

그래도 상처는 트라우마로 싹을 틔웠어.

너희를 대하는 세상 인심은 급변하는 이기심이었지.

몸을 아끼지 않는 돌봄이라야 너를 볼 수 있기에,

나의 입과 마음은 결국 닫혀 버렸어.

어떤 실수도 허용되지 않는 나이이기에,

조심스럽게 최대의 인내로 세상살이를 해야 해.

언제라도 떠나갈 수 있는 돌아봄으로 마당에 서고.

하루에게 육체가 떳떳함을 목표로 살지만,

헤어졌던 너희들과 다시 만날 것임은 알아.

너희들은 불보살의 법法이 담긴 존재야.

인연이 있으면 반드시 만나는 필연의 카르마처럼.

개화와 번식, 씨앗에 담긴 의미를,

이기와 욕심으로는 결코 볼 수 없거든.

연화대가 왜 세상에서 가장 큰 바보의 자리인지,

걸림 없이 선택한 생의 가장 큰 헌신임을 몰라.

모든 것 던지며 살아 내신 사랑의 극極을 어찌 알겠어.

마당 넓은 곳에서 대빗자루 들 때쯤,
너희들을 다시 해후처럼 만나러 갈 거야.
돈 욕심에 눈도 뇌도 없는 세상을 가끔 욕하면서,
피눈물이 나는 어느 분을 그리워할 거야.
좌파와 딥스 꼬붕들은 너무나도 큰 죄를 지었다고.
몇 생으로도 감당 못 할 죄를 입과 몸으로 지었다고.
인과의 하늘법은 시작된 곳으로 반드시 돌아간다고.

법에 의지하고 분노를 달래며 마당을 쓸 거야.
때가 되면 너희들과 같이 살아 낼 거야.
죽어서는 보기 어려운 의미의 너희들이기에,
푸른 날에도 웃다가 울며 곁에 둘 거야.
잎장 위에서 놀던 물방울처럼 덧없이 살겠어.
늙어지면 알게 되는 삶의 멋과 맛을 확인하며,
항심恒心으로 살던 너희들을 다시 눈에 담겠어.
떨리도록 좋았던 너희들과의 시간은 결국,
과거생으로부터 이어진 인연이었어.

2023年 6月 19日

연꽃에게

소리 없는 실비가 수없이 너의 잎에 앉아도,

실비는 너의 잎장을 적시지 못했지.

모일라 치면 또르르 방울로 떨어뜨리고,

흔들 한 번에 실비는 너의 살갗에서 떨어졌었지.

세밀한 털로 물을 거부하던 잎장의 몸짓.

알고 보니 숨길이 막히면 안 되는 너의 생존 방식이었어.

잎에서 뿌리까지 연결된 호흡을 수년 만에 알았지만,

그것은 너를 다시 보는 계기가 되었지.

잎장 위에 물이 고여 호흡이 막히면,

까맣게 잎을 말리면서 잎장을 포기하던 너.

여름 따라 열린 너의 꽃잎은 3일간 여닫기를 했어.

고고한 향기는 없는 듯 세상을 가르쳤고.

한 잎 두 잎 꽃잎 떨어뜨리며 세상에 온 애기를 했어.

그때부터 보이는 것들을 닫아 감추고,

인연과 법法을 기다리는 삶을 시작했지.

연밥 속에 씨앗을 키우면서 하늘 보며 살았지.

천 년을 넘어서도 물을 만나 발아했던 너.
3천 년 저장이 가능하다는 씨앗의 비밀은,
인연을 만나 성장하면 경지에 간다는 진리였어.
바보처럼 비우고 산 삶이 연화대에 가는 것을,
계산 빠른 물질의 삶들은 알 턱이 없었지.

너를 곁에 둘수록 조금씩 조금씩 삶이 슬퍼졌어.
얼마나 배려하며 살아야 하는지.
얼마나 참아 주고도 더 기다려야 하는지.
덧없는 세월의 강가에서 물처럼 살려 하다가,
지키는 것에도 지쳐 더러 슬퍼지던 삶.
삶의 원칙을 지키려 목숨까지도 던진 삶을 안다면,
몸과 옷이 부끄럽지 않도록 바둥대며 살게 돼.

너를 보면 오버랩되는 어느 분이 떠올라,
세상을 향해 쌍욕을 하거나 눈을 적시곤 해.
지구환경이 인간을 위협하면 생존 먹거리가 될 연근.
생존하라고 온갖 터전을 주던 자연처럼 사신,
연꽃을 훨씬 넘는 희유의 삶을 본 것으로도 감사해.

삶은 결국 카르마로 이어져 온 것이었어.

끌림을 넘어서 너는 신선한 바람이기도 했어.

오직 한길이지만 쉬면서 천천히 오라고,

때가 되면 다시 만나리라는 몸짓이 환영처럼 그려져.

너를 가슴에 묻고 보는 여름의 하늘 아래에서,

칼날처럼 지켜 가는 행자行者의 본분本分을 생각해.

연화장蓮華藏 시대에 너를 만난 것까지 행운이었어.

2023년 6월 24일

숨어 있는 시간

　　대구 지묘동에서 파계사로 올라가는 순환도로의 우측에는 계곡이 있다. 계곡 바닥을 정비하지 않았던 20년 전쯤. 장마나 태풍으로 큰비가 오면, 계곡에선 밤마다 쿵쿵거리는 소리가 났다. 바위와 큰 돌들이 움직이는 소리였다. 돌이 움직이는 소리를 들었다는 것은, 무정無情도 움직이며 사는 자연이라는 것. 몰랐던 사실을 알게 되면서 새롭게 다가온 눈뜸이었다.

　　계곡물이 빠지면 탐석探石의 발길들이 더러 눈에 띄었다. 간편한 배낭에 쇠꼬챙이를 들고, 돌을 찾아 상류 쪽으로 거슬러 올라가던 수석壽石 동호인들이었다. 가게 뒤와 농장 앞이 계곡이었기에, 계곡을 따라 올라가는 시간들이 부러울 때도 있었다. 점심을 자주 거를 만큼 바쁜 탓이었다. 보고 즐기는 관상용 자연석을 찾아 올라가던 취미의 풍경을 물끄러미 바라보기도 했다.

　　돌들도 움직이며 살고, 돌에도 세월이 담긴다는 사실을 알게 된 후, 돌을 보면 돌에 담긴 얘기들을 추측하게 되었다. 강변의 자갈들이 특히 눈에 들어왔다. 둥글고 둥글게 깎여 모난 구석이 거의 없던 강자갈들. 문양과 색깔은 이쁘고 다채로웠다. 아주 오랜 세월

동안 움직이고 깎여, 둥근 모양이 된 사연이 그려졌다. 바닷가의 몽돌과는 느낌부터 달랐다. 몽돌은 색깔과 모양이 단순했지만, 강가의 자갈은 색깔에서도 변화무쌍했다.

장독 뚜껑이나 옹기류의 수련용기는 강자갈과 가장 잘 어울린다. 60m의 가게 앞에 참나무 통나무를 10×3m 크기로 틀을 만들어 고정시키고, 틀 안으로 강자갈을 주문해 깔았다. 다양한 크기의 낮은 옹기에 수십 종의 수련을 심어 자갈 위에 두고 물을 채우면, 강자갈 특유의 다양한 색깔은 몽환적인 분위기를 만들어 냈다.

비가 오는 날이면, 수련잎 위를 구르는 물방울은 더욱 빛이 났다. 비가 오면 가게 안의 조명부터 주광색으로 바꾸었다. 비 오는 전원의 도로변 가게는 손님이 거의 없었다. 손님이 없어도 홀로 즐기던 수련과 연꽃. 바닥은 자갈에 껍질이 있는 참나무라 흙이 튀지 않아 좋았다. 전시용 연통蓮桶은 흙의 흔적이 남아 늘 손길을 주어야 했다. 자갈 위의 수련 용기들은 자갈 덕분에 늘 깨끗했고, 호스로 물만 뿌려 주면 자갈들도 특유의 빛을 내며 반짝거렸다.

돌들을 보면 세월을 추측해 보듯이, 물건이나 반찬에도 투입된 시간을 보는 것은 마찬가지다. 돌은 움직이지 않는다는 관념이 부서진 뒤부터, 몰라서 분해서 목숨까지 내놓으려 했던 상처들의 후유증 때문에, 감춰진 부분을 추적하는 습관이 생겼다. 나쁘거나 모양새 없는 의심거리는 아예 멀리하면 되지만, 물질에 시간과 마음이 담겨 내게로 오면, 나는 그 시간을 몸으로 적시고 보관한다. 내게로 온 정성의 무게부터 짐작하고 처신하기 위함이다.

세상살이는 진실을 찾아가며 살아야 하는 것도 있지만, 모르고 살아온 것을 알게 되면 조금은 철이 드는 이익도 있다. 삶의 내용과 질이 업그레이드되는 것이다. 몰랐던 것을 알면 말이 적어지고 겸손해진다. 숨어 있는 시간에는 마음과 정성이 들어 있다. 주고받는 물질에도 시간이 담겨 있다. 상대가 준 물질에서 몰랐던 시간의 나이테를 찾으면, 나부터 위로를 받고 부드러워진다. 부드러움에 감사함이 보태지면, 또 더욱 너그러워진다.

막바지 인생이다. 찾아내고 회복해야 할 심성心性도 너그러움이라 여긴다. 무조건 너그러움이 아니라, 자격 있는 상대를 향해 내가 갖춰야 할 예의요 응대 방식이다. 자격이 없으면 무관심이다. 자격이 없으면 이유가 없고, 할 말과 해 줄 말도 없다.

2024年 11月 5日

그리운 아이들

어떻게 너희들을 다시 만날까.

마당 넓은 시골이면 너희들은 꼭 찾아오는데.

세상살이에서 입은 내상內傷이 깊어,

적막에 숨어 살던 때에 찾아온 너희들.

너희들 덕분에 상처를 서서히 치유할 수 있었고.

월동한 수련과 연꽃을 다시 심어 두기만 하면,

초대하지 않아도 하나둘 차례로 나를 찾아왔었지.

제초제는 절대 안 쓰는 나를 알아본 것일까.

사랑 만나 새끼들 키우려고 나를 믿고 왔었지.

여름날의 낮 손님은 단연 꿀벌이었고,

밤 손님은 여지없이 청개구리들이었지.

풀잠자리도 자라서 낮 동안 빠르게 탈피를 했고,

밤새워 어린 날개를 말린 뒤 다음 날엔 날아갔지.

연못 속 대장은 단연 잠자리 유충들이었어.

어른으로 자란 너희들이 신기했지만 짠함이 더 컸어.

모기 유충 장구벌레 등이 잡아먹히던 물속은,
인간 세상보다 무서운 정글의 수생계水生界였어.
한순간에 목숨이 결정되던 무시무시한 수생계.

이따금 동네의 토끼들도 쉬었다 가고,
고동들은 이끼를 먹고 청소하던 몽환의 세계였어.
새들도 날마다 날아와 목욕까지 했어.
밤마다 청개구리들은 노래자랑 대회를 열었지.
얼치기 가수이자 요란한 술주정꾼들이었지만.

노래가 아니라 고래고래 높은 소리 지르기였어.
작은 체구에서 나오던 소리는 어찌도 그리 크던지.
턱밑 풍선 찢어질까 조바심으로 보며 눈도 맞췄지.
시끄럽다 소리치면 잠시 멈추어 주던 눈치쟁이들.
소리치고 돌아서면 나도 모르게 웃음이 났어.
집세 내라 소리친 내가 웃어 버린 황당했던 밤의 시비.

너희들이 내게는 친구들이고 아이들이었어.
내가 그리우면 몇 년 뒤에 다시 오면 돼.
이제 겨우 일어서기를 했고 홀로서기 중이야.
너희들 오기 쉽도록 마당에도 대빗자루 결을 내고,
컬러벽돌 전라도에서 다시 사서 이쁘게 만들겠어.

너희들과 지인들 마음껏 쉬는 객방客房도 만들고,
밤마다 주광색 조명 아래 글 써서 돈도 만들겠어.
너희들 좋아하는 멸치 가루라도 넣어서 대접하겠어.
너희들 숨쉬기 편하도록 산소 장치를 넣고 또,
떠내려가지 않게 조금씩 물을 넘치며 검사하겠어.

2024年 12月 9日

하늘 향한 노래 1

날마다 먹먹하고 막막합니다.
받고 배운 은혜로 늘 먹먹하고,
살아 내기와 갚기의 무게로 늘 막막합니다.

수시로 바라기하는 하늘이지만,
언제나 단단하게 만드는 채찍질은 됩니다.
삶에서 아쉬운 것도 전혀 없습니다.
그릇대로 사는 세상에서 득得이 되는 안내나 귀띔,
비유나 암시도 소용이 없었습니다.
하늘법 앞에 설 날이 모두의 미래입니다.

저의 하늘은 지극한 사람입니다.
인간을 지난至難하게 넘어가면 사람이 되고,
사람에 항심恒心이 보태지면 하늘이 됩니다.
시작과 과정 모두가 사람이고자 한다면,
결국은 하늘이 되는 이치로 압니다.

하늘 향한 과거나 현재의 노래는 늘 아픕니다.

세상이 몹시 싫어질 만큼 날마다 아픕니다.

인간들이 준 이기利己와 탐욕貪慾에 기인합니다.

인간 세상의 턱없는 이기와 탐욕을,

단장斷腸을 훨씬 넘도록 하늘은 감당하셨습니다.

하늘의 미래는 그래서 아프지만은 않습니다.

화엄성중華嚴聖衆과 모든 존재가 아시기 때문입니다.

기원祈願도 없습니다.

하늘이 겪은 슬픔을 땅과 허공계는 알겠지만,

탐욕의 인간 세상은 결코 모릅니다.

분노와 저주도 이제 놓고 하늘법만 기다립니다.

입 닫고 모른 체하는 정신과 몸뚱이는 슬프지만,

겉은 차갑고 모질게 살아 내야 합니다.

먹먹함과 막막함이 날마다 교차합니다.

그리워도 그리워하지 못합니다.

생각도 염력念力이 되어 민폐가 된 경험 때문입니다.

연꽃과 수련에 없는 형편을 다 투입하셨지만,

저를 살리신 후엔 모든 연화蓮花도 치우셨습니다.

모든 시간과 물질을 오직 이타利他에 쓰셨습니다.

몇 생을 거듭 살지라도 결코 잊지 못합니다.

그래서 가슴은 늘 울며 삽니다.

2006년에서 2019년까지 9번의 구명만이 아니라,

인간과 세상에 던져 주신 은혜를 알기 때문입니다.

더러 저를 질책하셨어도 법호法呼까지 주셨습니다.

아낌없이 주신 처음과 끝의 같음을 감히 압니다.

울어도 슬픔만은 아닙니다.

성스러움을 무수히 본 눈물입니다.

탐욕들이 하늘께 지은 업業의 죄악을 압니다.

하늘만이 아실 아픔을 감히 느끼며 삽니다.

2023年 11月 23日

하늘 향한 노래 2

비가悲歌인지 애가愛歌인지 저는 모릅니다.

사모곡思慕曲인지 통곡痛哭인지도 분간 못 합니다.

땅에 남아 홀로, 아주 자주 울음으로 삼키는,

단장곡斷腸哭에 오히려 가깝습니다.

잡으면 속울음이고, 놓으면 허망함입니다.

하늘만 보면 눈이 젖고 허허로워집니다.

먼동이든 일몰이든 늘 계십니다.

산책길에서도 더러 눈앞이 흐려집니다.

길에서 고두삼배라도 할 수 있으면 좋겠습니다.

저의 구명求命에 목숨을 거셨습니다.

다른 식구나 손님들에도 목숨을 거셨습니다.

헤아릴 수 없이 많은 세상일을 주야로 하셨습니다.

보이는 세상에선 몇 분 겨우 행行을 짐작합니다.

보이지 않는 세상의 존재들은 모두 아십니다.

날마다 일마다 목숨 걸고 사셨습니다.

저와 모든 인간은 은인께 빚진 존재들입니다.

몸으로 겪은 일을 티끌만큼 표현하고 있습니다.

세상을 향해 참회하라는 힌트를 주고 싶습니다.

불교의 민도民度가 일본처럼 높았다면,

저는 겪은 일을 주저 없이 글로 썼을 것입니다.

흉악한 중생들의 이기심에 실망하고 절망해,

뜻에 순종한 글쓰기를 포기한 지도 10년이 넘었습니다.

꿈처럼 겪은 것들 아직도 생생합니다.

이번생을 넘어 다음생들에서도 결코 잊지 못합니다.

물질로 작은 도움이라도 되고 싶어,

로또를 산 세월이 10년을 훌쩍 넘었습니다.

2만 원씩 10년을 더해 25년은 무조건 채웁니다.

숙명처럼 여겨 올리고 싶었던 공양물 방법입니다.

몸이 버텨 주기를 바라며 살아 내기를 할 뿐입니다.

인간에 대해 차가운 얼음장이 생겼습니다.

터무니없는 탐욕과 이기심에 대한 노여움입니다.

눈으로 봐도 알아보지 못한 봉사들이었고,

들어도 편견과 분별로 인해 귀들이 없었습니다.

저는 운 좋게도 놀러 가서 단번에 알아보았습니다.

앞뒤 말씀만 귀 기울여도 구전된 공부와 일치합니다.

제 눈과 귀엔 그렇게 쉬웠습니다.

알아챈 인연의 끈에 그저 감사드릴 뿐입니다.

감사와 사모思慕의 경건함은 끝이 없습니다.

9번 구명의 은혜만이 아닙니다.

사람으로 사는 길을 보았음에 대한 경배입니다.

모든 생을 걸어서라도 아주 조금 갚고 싶음입니다.

저의 입은 이제 열리지 않습니다.

사는 도리를 찾는 일상과 느리게 살아 내기에도,

해처럼 산소처럼 청량한 은혜가 늘 있습니다.

2024年 2月 1日

하늘 향한 노래 3

삶을 돌아보고 미리 정리할수록,
삶의 목표와 인연들을 단순하게 줄일수록,
지나온 인연과 가르침에 절로 고개 숙여집니다.
보이지 않는 세상을 알게 하신 가르침만으로도,
사무친 은혜는 더더욱 감사함의 하늘이 됩니다.
진정 몸으로 겪은 일상이었던가를 의심하다가,
기적의 인연에 온몸이 며칠 내내 젖습니다.

은혜와 인연이 기막혀도 갚을 길이 없습니다.
수없이 많은 사람들이 받은 은혜도 그러하지만,
보이는 것만을 찾고 믿는 그릇들은 모릅니다.
입에 담을 수도 없어 망연히 하늘만 보지만,
경건한 사모思慕와 공경은 물결처럼 일어납니다.
다시 사는 인생살이의 산소이자 나침판입니다.

매일매일 가슴까지 운 날이 5년을 넘습니다.
한 번의 깊은 자비도 세상에는 없는 것이었는데,
그 무게와 깊이로 적셔진 매일이 감동이있습니다.

홀로 겪어 기억하기엔 너무나 아깝고 억울합니다.

보이지 않는 세상은 모두 아시는 화엄華嚴이기에,

하늘의 뜻으로 알고, 그냥 입을 닫습니다.

돌아보면 매일이 시작이자 비워 냄이었습니다.

무지막지한 간교나 불충不忠을 만나서도,

야단은 늘 그날에 머물렀습니다.

수차례 되풀이된 잘못도 하나로만 처리하셨습니다.

세월이 쌓이니 그것조차 가르침이었습니다.

목숨 거는 불공佛供이 필요하다면,

주저 없이 웃으며 집전할 수 있겠습니다.

세상에 다시없는 희유稀有한 인연.

희유한 인연의 극極에서도,

몇 번이나 반복해 극이 더해진 인연이었습니다.

언제 회상해도 생시에 겪었음이 안 믿어집니다.

결코 다시없을 경험에 아직도 가끔 몸을 만집니다.

겪은 인연이 늘 먹먹하고, 경배조차 늘 막막합니다.

2024年 3月 10日

하늘 향한 노래 4

지난날들 극히 일부만 회상을 해도,
밤마다 가슴이 울었던 감동이 살아납니다.
도무지 세상에선 한 번도 다시 있을 수 없는,
세상과 인연에 주신 사랑과 헌신 때문입니다.

새벽까지 잠도 오지 않는 저 개인의 감사함은,
몇 생을 다해도 못 갚을 무게의 은혜입니다.
과정의 아름다움과 깊고 깊음의 시종始終은,
바다 같은 먹먹함과 절절함의 물결입니다.
본 것만으로도 감동인데 제 인연을 돌아보면,
말문이 막힘을 지나 온몸이 설레고 젖습니다.

무행행無行行의 명命이라 늘 벙어리입니다.
제 목숨 9번 구명도 극히 작은 개인사일 뿐,
넘치고 넘치는 무량수無量數입니다.
간직한 감동만으로도 배가 고프지 않고,
보고 들은 가르침 하나로도 여생餘生의 양식입니다.

도무지 도무지, 언설言說과 표현이 불가능합니다.

돈과 소유, 명예 권력이 꽃잎 하나로 보이고,

가난과 욕망, 남녀 사랑조차도 꽃비로 날립니다.

법계法界의 비는 모든 생명을 살리고 있는데,

무지無知한 인간들만 숨기며 욕심으로 삽니다.

거짓에다 포장을 보태고도 착한 척 바른 척입니다.

어제는 강남 갔던 제비가 무사히 돌아왔습니다.

2025年 4月 8日

하늘 향한 노래 5

2006년 9월부터 2019년 1월까지,

9번 제 목숨 구명과 가르침의 시간.

제 어머니의 영가천도靈駕薦度가 있었고,

개천절의 형님 목숨 개천開天도 있었습니다.

은혜를 갚을 길은 없음을 문득 알았습니다.

하나를 드리면 열로 돌려주셨던,

처음에서 끝까지 그리했음을 추억했습니다.

이제야 기氣의 세상에 도무지 갚을 길 없음을,

뜨거워진 눈으로 처연히 고백합니다.

2025年 7月 27日

2부   털어 보는 먼지 같은 것

비양도의 추억

　전국 노가다유랑의 끄트머리. 2017년 제주시에서의 어느 여름이었다. 2011년 1월 거제 대우조선소에서 처음 시작한 노가다유랑은 울릉도와 당진을 거치고, 평택과 울산, 울진을 지나서 제주도로 갔다. 서귀포시 숙소에서 시작한 제주의 모든 섬 순례와 형편 따라 찾던 올레길 걷기는, 몸이 살아 있을 때 세상을 더 돌아보고자 한 욕구 충족이었다.

　제주시의 호텔 공사로 제주시에 제법 머물던 노가다유랑의 마지막 해. 비가 와서 숙소 근처의 PC방에서 바둑 두기는 하루가 아까웠다. 가 보지 못한 제주의 섬을 탐색했다. 비양도가 레이더에 잡혔다. 숙소에서 배를 타는 선착장까지 왕복 70km. 비 오는 아침에 PC방을 나섰다. 제법 큰 골프용 우산은 늘 준비되어 있었다. 곧바로 비양도를 걸어 보고자 출발했다.

　비양도 선착장에 하선하니 비가 계속 내리고 있었다. 아무도 보이지 않는 섬 둘레길을 빗속에 걸었다. 1시간 남짓의 우산 아래, 군화 높이의 가벼운 가죽 신발도 젖었다. 제법 긴 호수가 나타났고, 어린시절에 본 제비들을 참으로 오랜만에 만났다. 호수 위를 낮게 오가는 제비들이 내겐 큰 손님이었다. 제비들에게 반갑다며 크고 크게 소리 질렀다. 비 오는 섬 둘레길은 아무도 없었기에 소리 지르기는 가능했다.

다시 제주로 들어가는 배편은 1시간이나 남았고, 따듯한 커피 욕구가 올라왔다. 파란 해변이 벽에 그려진 카페가 가장 가깝고 눈에 띄었다. 들어가도 되느냐는 물음에 꼬마의 맹랑한 답변이 돌아왔다. 바깥 풍경을 보고 있던 어린 여자아이였다. 자리를 잡고, 여자아이에게 물었다.

"아저씨가 너에게 과자를 사 먹을 용돈을 주고 싶거든. 용돈 받을래?"

맹랑한 답변이 다시 빠르게 돌아왔다.

"아니요. 아저씨가 사 주세요. 비가 와서요."

"그래? 가게가 어디 있는데?"

여자아이의 손가락은 선착장 쪽을 가리키고 있었다. 거리를 보니, 2백 미터쯤으로 보였다.

"오냐. 아저씨가 다녀오마."

카페 주인장 얼굴도 못 본 채 빗속을 나섰다. 맹랑한 여자아이로 인해 저절로 웃음이 나왔다. 여자아이 읽어 보기가 자연스레 가동되었다. 여러 가지 과자를 다섯 봉지쯤 사니 큰 비닐봉지가 됐다. 돌아와 자리에 앉으니, 카페 주인아주머니가 미안하다며 인사했다. 괜찮다며 아이가 심부름을 시켜 오히려 기분이 좋았다고 인사했다. 커피가 나와 잠시의 정적이 흘렀다. 여자아이는 어느새 보이지 않았다. 카페 주인에게 질문을 던졌다. 과자를 사러 오가며 내가 본 여자아이에 대한 얘기였다.

"하나 물어보겠습니다. 여자아이가 장래 선생님이 되고자 하던가요?"

"네, 맞습니다. 선생님이 되겠다고 입에 달고 살아요."

"제 말을 안 믿으셔도 됩니다. 원래 그 아이는 남자로 태어나야 했습니다."

"어머나, 그런가요? 그런 말을 들은 적은 있었습니다."

"그래요? 누구로부터 들었습니까?"

"몇 년 전 이곳을 다녀가신 어느 노스님이 지나가시며 그런 말씀을 하셨어요. 똑같은 말을 또 듣게 되었네요."

"전생에 여자아이가 남자로 살며, 참으로 고생을 많이 했습니다. 일에 치여 남자라는 존재가 지긋지긋할 만큼 고생을 했어요. 그래서 세상에 다시 나오며, 참 특이한 선택을 했습니다. 남자로 태어날 권리도 포기하고, 수십에 하나 있을까 말까 한 선택을 본인이 했네요. 애는 아주 밝고 똑똑하지요?"

"네. 똑소리가 난다고 똑순이로 불립니다."

잠시의 정적이 흐르고 있었다. 다시 또 질문을 던졌다.

"요즘 고민이 많으신 듯합니다."

"네."

"무슨 고민인가요?"

"아이 아빠가 몇 달 전 집을 나갔어요. 술도 갑자기 많이 마시고,

바람이 났어요."

잠시의 정적이 다시 흘렀다. 비는 계속 내리고 있었다. 왜 술을 많이 마시게 되었는지, 왜 바람이 났는지, 믿지 못할 얘기를 해 주었다. 카페 주인은 이유를 말해 주는 내 말에 고개를 끄덕이며 동의하고 있었다. 제주에서 들어오는 배가 방파제 사이에서 보였다. 작별을 해야 했다.

"제가 언제 다시 올지는 저도 모릅니다. 아는 바대로 말씀드렸으니, 너무 걱정 마세요. 조만간 돌아올 겁니다. 저는 이제 배를 타러 가야겠네요. 건강하십시오."

"네, 오늘 정말 고마웠습니다."

비양도를 다녀온 후, 형틀목수의 노가다는 다시 시작되었다. 며칠째 카페에 딸린 파란 페인트 벽의 여유 공간이 계속 떠올랐다. 군데군데 야생화를 화분에 담거나 작은 다육이 소품을 그룹으로 몰아 두면, 커피 못지않은 매출이 되리라 여겨졌다. 장식을 겸한 틈새 장사였다.

콘크리트 타설 후 양생 기간에는 노가다도 쉬어야 했다. 쉬는 날에 비양도에 다시 들어가기로 작정했다. 소품 화분과 이끼가 자라서 화분을 덮게 하는 방법을 배우겠다면, 알려 드려야겠다는 생각이 들었다.

보름이 얼추 지나 노가다 대기 시간이 생겼다. 왕복 70km의 선착장까지 가서 다시 배에 올랐다. 카페를 찾아가, 다시 온 이유부터 꺼냈다.

"고맙습니다. 이곳까지 오셔서 장사 걱정까지 해 주시니. 남편이 그런 것들을 잘하거든요. 남편에게 부탁하겠습니다."

"얼굴이 많이 밝아졌습니다. 좋은 일이 있었습니까?"

"네, 아이 아빠가 며칠 전에 돌아왔습니다."

"그래요? 다행입니다. 소품 화분들 만들어 달라고 부탁해 보세요."

"네."

하루를 다시 보람 있게 쓴 날이었다. 나의 예측도 맞았으니, 기분 좋게 투자한 외출이 되었다.

현관 위 제비집에 다시 온 제비에서 문득, 비양도의 추억이 떠올랐다. 언젠가 인연이 되면, 전국을 유람하며 만행萬行을 하고 싶었다. 비양도의 추억은 만행萬行은 못 되더라도, 곰곰이 생각해 보니 모자람이 없었던 만행滿行이었다.

산수간에로 들어가면 만행萬行을 할 수 있는 인연이 될까. 20년을 무행행無行行으로 다니신 분과 함께할 끝자락 인생은, 아마도 내 인생의 화양연화花樣年華로 기록될 것이다. 그때쯤 그 어느 날에 제주도에 가면, 비양도 들어가기는 동행할 그분의 뜻을 따라가고자 한다. 어제의 길거리 장사를 마치고, 제비집을 올려다보며 세월을 불러 봤다. 환속 후의 부끄럽지 않은 노가다 추억이었다. 알게 된 것의 바른 도리는 한 듯싶었다.

2024年 5月 29日

술과 담배의 차이

술과 담배 중에서 무엇이 더 해로운가를 물어보면, 거의 모두 담배가 더 해롭다는 답변이 돌아온다. 그러나 그것은 틀렸다. 술이 훨씬 더 많은 해害를 끼친다. 보이지 않는 세계를 겪고서 조금은 알게 된 진실이다.

보이지 않는 세계는 기氣의 세계다. 기가 있으면 살고, 기가 빠지면 죽는다. 기의 세계는 무한한 광대무변의 세계다. 허공 전체가 기의 세계다. 기의 세계에는 여러 차원次元이 있다. 기의 세계는 진리와 변하지 않는 법칙으로 유지된다. 기공氣功을 수련하자, 단전丹田이 생겼다. 단전이 생기자, 보이지 않는 세계를 조금 느끼게 됐다.

담배를 즐기면 본인의 폐肺가 나빠질 수는 있다. 홀로 떨어져 즐기면 민폐는 되지 않는다. 냄새는? 냄새 나는 것이야 본인의 영역이다. 냄새 난다고 밉상이 될 수는 있지만, 냄새를 없애라는 말은 타인의 인생에 대한 영역 침범이자 권리 침해다. 간접 흡연의 피해를 주지 않으면서 폐의 손상, 냄새의 불편, 불이익을 감당하면 된다. 담배의 해로움은 몸뚱이만의 범위다.

술을 즐기면 술의 해로움은 몸뚱이의 범위를 훨씬 넘어간다. 알코올 해독을 담당하는 간肝이 나빠지고, 보이지 않는 세계의 해가 시작된다. 조금씩이라도 주기적으로 술을 즐기면 주당酒黨이 몸에 들어온다. 주당은 술의 기운을 찾는 귀신鬼神이다. 윤회輪廻에 들어가지 못해 떠도는 술귀신이 주당이다. 보이지 않는 주당은 술을 좋아한 인간의 혼魂이다. 같은 차원의 중음계中陰界에서 술의 기운을 찾아 떠돌며 존재하는 것이다. 정상의 윤회로 들어가면 차원이 높아진다.

알코올 중독에 가까워지면 주당에게 몸뚱이를 빼앗기기 시작한다. '술이 술을 당긴다.'고 흔히 말하는데, 정확한 표현은 '술귀신이 술기운을 찾는 것이고, 술귀신에게 몸을 빼앗긴 것'이다. 알코올에 중독되면, 본인의 건강은 물론이고 민폐가 시작된다. 술 취한 행동을 하고도 기억하지 못한다. 전두엽은 쪼그라든다. 아무 곳에나 소변을 보고도 본인은 모른다. 시비나 싸움에 쉽게 휘둘린다.

알코올 중독이 되면, 전두엽이 손상되고 치매로 연결된다. 원인이 주당이다. 주당이 많이 들어오면 몸을 지키는 혼도 감당하지 못한다. 술의 해는 건강을 넘어 정신과 자신의 혼에게도 민폐를 끼치는 것이다. 매끼마다 소주 한 병을 들이키는 중독자에게 들어오는 주당은 이미 감당할 수 있는 수를 넘는다.

알코올 중독자는 정신병원에 입원한 정신병자와 같다. 정신병자의 몸에는 여러 영혼이 들어가 자리를 잡은 상태이고, 이 말 저 말을 하고도 본인은 모른다. 여러 영혼에게 몸을 빼앗긴 것이기에 당연한 현상이다. 몸뚱이를 빼앗은 혼들이 몸을 지키는 혼 대신에 주인 행세를 하기에, 횡설수설하고 기억하지도 못한다.

다른 혼에 몸을 빼앗기거나 다른 혼이 몸에 들어온 상태를 빙의 憑依라 한다. 빙의가 되면 이해하기 힘든 행동을 한다. 심하면 자해나 자살로도 이끌어 간다. 정신병원을 찾는 우울증도 약한 빙의의 상태다. 몸을 지키자는 혼과 다른 혼이 싸우고 있는 것이다. 빙의한 혼(귀신)을 떼어 내는 것이 구병시식救病施食이다. 음식을 베풀고 법문法文으로 나가 달라고 부탁하는 설득 작업이다.

정신병원의 의사는 보이지 않는 것을 모르고 좋아지라며 약을 주었으니, 업業이 되지는 않는다. 뒤끝이 없다. 구병시식을 해 준다고 돈을 받으면 어찌 될까. 업이 된다. 돈을 받았으니, 책임도 끝까지 져야 한다. 보이지 않는 세계는 거래나 책임 소재, 뒤끝까지도 아주 명확하다. 공짜는 더더욱 없다.

혼술을 자주 하거나 순도가 높은 위스키를 자주 마시면 중독자가 되기 쉽다. 술값은 담배의 비용을 훨씬 넘는다. 주당은 구병시식으로도 안 된다. 술귀신을 빼내는 방법은 간단하다. 무조건 술을 끊으면 된다. 주기酒氣가 들어오지 않으면 시간을 두고 서서히 빠져나간다. 술귀신이 보채고 유혹하는 술 마시기를 이겨 내면 된다. 술의 기를 주당에게 보시하며 살겠다면, 마음껏 마시고 중독이 되어도 무방하다.

이런 글을 왜 굳이 쓸까. 정확히 알려 주는 양심인이 없어서다. 분명히 알고 있을 종교인이라도 있을 터인데, 명쾌한 설명을 들어본 적이 없다. 답변이 구렁이 담 넘어가는 식이면 모른다는 판단이다. 구병시식으로 돈을 벌고자, 의사나 약사로서 돈을 버느라,

답변들이 모두가 두리뭉실하다. 돈에만 관심이 있고, 돈에 지면서 산다. 알면서도 입을 닫고 사는지는 양심에 맡길 뿐, 나도 알 길이 없다.

고대 사회에서 지금까지 담배로 인해 권력을 잃거나 패가망신한 경우는 그렇게 많지 않다. 술로 인해 권력을 잃고 패가망신한 경우는 부지기수다. 얼마 전 40여 년 만에 직장의 건강검진으로 폐 사진을 찍었다. 48년을 하루 한 갑 담배를 즐겼으니 살짝 염려가 되긴 했다. 약간은 나쁠 줄 알았으나 폐는 깨끗했다. 담배도 맞는 체질이 있나 싶었다.

지식이 이로움의 방향으로만 영역이 확장되면 지혜가 된다. 세상에 이로운 지식은 공유할수록 좋다. 지식 하나의 공유가 공덕功德 하나로 거듭날 수 있다.

2024年 7月 18日

줄이고 줄인 인연

올해의 과메기가 첫 출시되었다는 문자가 포항 바닷가 과메기 공장에서 날아왔다. 2014년에 시작된 인연이 지금까지다. 제주의 노가다 시절, 고마운 인연들에게 해마다 한 차례 인사차 보낸 과메기 택배. A4용지 2매에 주소를 깨알같이 적어 팩스로 보낸 40곳에서 계속 줄어들었고, 올해는 나를 포함해 겨우 다섯이다. 줄이고 줄인 인연의 부침浮沈은 내 살아 냄의 성적표다. 초라한 인연. 해마다 줄어든 숫자에도 나는 오히려 만족한다.

저절로 끊어져 버린 많은 인연들. 돌아보면 대차대조표는 늘 적자였다. 악연惡緣들이 소개해 준 인연들도 돌아보면, 막대한 경제적·정신적 피해도 드물게 입히곤 했다. 공통점은 차가운 이기利己였다. 떨어져 나간 이유도 나의 처지를 벼랑 끝이라 판단한 뒤의 일방적 통보였다. 세상인심의 강물에 떠내려갔고, 나는 익사한 셈이었다.

얼음장 같은 마음으로 개명改名했다. 울고 싶은데 갑자기 뺨 맞은 격이라, 인연을 비워 내기에는 오히려 쉬웠다. 그것도 한꺼번이었다. 정리하기 전까지는 계산을 하지 않았으나, 정리하려고 마음먹으니 해마다 빠르게 줄어들었다. 몇 해 동안 소식 없음이 기준이었다. 내가 먼저 소식 물음에서 겨우 졸업한 것이다.

늘그막에야 내 것을 모아야겠다는 생각이 들었다. 주위에 민폐를 끼칠 형편이면 살아 내지 않겠다고 작정하고 보니, 막연한 위기감에 저절로 계산이 되었다. 막다른 골목길 인생에 접어드니, 늦게나마 철이 든 셈이었다.

악연은 곰곰히 따져 보면 금방 나온다. 나의 시간을 그냥 빼앗아 간 인연도 결국 악연이었다. 돈과 마찬가지로 시간도 카르마(업보業報)가 된다. 돈과 시간, 말의 카르마도 죽어서는 반드시 기氣의 덩어리로 결산이 된다. 결산 따로, 처벌 따로다. 하늘법에 따라 별개로 정산되고 집행된다.

시간에서 특히 예민해졌다. 사전 양해 없이 시간을 앗아 가면, 나 홀로 몰래 가차 없이 무시하고 절연한다. 오래 겪어 본 경험이다. 하늘의 은혜로 목숨을 자꾸 구하고 보니, 귀한 능력이 조금 생겼다. 돈으로는 살 수 없는 정보에 속한다. 세상의 고마움들과 선업善業이 많은 분들께, 그 정보를 쓰려 한다. 인과응보, 자작자수自作自受의 하늘 이치에도 맞다. 상대의 자격 있고 없음은 금방 알지만, 공公으로만 쓴다. 돈보다도 귀한 정보를 주면서 살 수 있기에, 날마다 하늘과 화엄華嚴의 자연에 고개 숙여 감사한다. 그 감사함이 사무칠 때면 저절로 눈에 물기가 돈다.

내년 초의 동해 바다도 상쾌할 것이다. 구룡포읍의 한적한 바닷가에 위치한 과메기 공장은 참으로 깨끗했다. 믿고 구입해 선물도 하는 연초의 나들이. 추억들이 있는 구룡포와 감은사지, 감포에도 들른다. 동해안 해안도로를 따라 내려가며 사진을 찍는다. 그리움

도 비우고 살면서 하늘께 감사하는 나만의 순례이자 외출이다. 인
연들도 미리 비우는 이별 연습이자 바닷가 사진 여행. 무상無常했
던 세월과 집착을 버리고 다시 살아 내기를 다짐하는, 여백의 당일
치기 충전이기도 하다.

2024年 10月 24日

키스로 깨어난 꿈

삼십 대 초반에 올린 결혼식 앞과 뒤는 참으로 불안했다. 불길한 예감에 짓눌려 있었다. 소가 도살장에 들어간 것 같은 기분은 또 왜 그랬을까. 청첩장도 만들지 않고, 손목시계나 반지도 없이, 친척만 조촐히 초대한 결혼식이었다. 결혼식을 며칠 앞두고 피하고 싶다는 본능 같은 불안감에 떨다가 가출을 시도했다. '결혼 준비 비용을 다 물어 주자. 나는 나가겠다.' 했다가 큰형에게 붙잡혔다. 그때부터 결혼식 날 아침까지 방에 갇혀야 했다. 결혼 당일 아침에 작은 형이 급히 사 온 손목시계로 사성四星을 보낸 책임을 져야 했다.

일주일의 남도南道 여행 후 계약직 PD로 다니던 직장에 출근했다. 주 1회 50분의 라디오 정규 프로그램을 맡고 있었다.

"도둑장가를 가셨다고 들었습니다."

자료실에서 자료를 찾고 있는데, 정직원 여성 PD가 시비를 걸어왔다. 얼굴이 작고 예쁜, 이름이 더 고상하고 예쁜 음악 전문 PD. 숨김이 거의 없는 직선의 성격으로, 평소와 같은 톤의 아는 척이었다.

"부장님께만 은밀히 말씀드리고, 청첩장도 없이 한 것도 결혼식입니까? 모르게 했으니 도둑장가는 맞습니다만, 동생도 먼저 보낸 결혼이라 자포자기 심정으로 가 봤습니다. 남들이 장에 가니 저도 장에 가 본 것이지요."

"……."

몇 개월 후, 방송 사업을 추진하는 상장회사로 자리를 옮겼다. 새로 생긴 노동조합 노조위원장이 계약직의 정규직 변경을 갑자기 반대해서 많은 고민을 했다. 계약직을 거쳐 촉탁직으로 정규직이 되던 시스템. 고민 끝에 이직을 선택했다. 이직 몇 달이 지난 뒤, 여성 PD가 처음으로 전화를 주었다. 한번 만나자는 것.

여성 PD의 차에 얹혀 청도의 파전집으로 갔다. 교외를 잘 아는 듯했고, 차가 없던 나는 리드할 수도 없었다. 가족 손님과 데이트 하는 남녀 손님들이 제법 있었다. 여러 소리를 들어야 했다. '시비 거는 말투는 자기 방식의 표현이었고, 나를 마음에 두고 있었다.' 는 놀라운 고백을 내게 했다. 결혼으로 이미 끝났고, 상대의 가방 끈이 나보다 길어서 생각도 해 보지 않은 인연이었다.

동동주를 마시며 듣다가, '살기가 싫다.'는 소리까지 나왔다. '사 귀자는 제의를 했으면 어떻게 되었겠느냐?'고 물어 왔다. '나도 정 식으로 사귄 적이 없고 홀로였으니, 제의했다면 내가 응했을 것'이 라고 답해 주었다. 심한 불면증에다 살기가 싫어졌다는 말이 마음 에 걸려, 대구의 반월당까지 태워 달라고 내가 요구했다. 불교 서 점에 들러 《부모은중경》을 구입하고 그녀에게 선물했다. '나쁜 생 각은 하지 마시라.' 당부하며 헤어졌다.

다시 수개월이 흐른 어느 날 오전. 공보처에 제출할 자료를 찾고자 방송국엘 갔다. 어떤 자료가 어디에 있는지를 훤히 알던 터였다. 자료실 옆 레코드실에 들어가니 아는 아가씨가 울고 있었다. '왜 우느냐?' 물어보니 손으로 창밖을 가리키고 있었다. 장례 버스가 들어와 있었다. '누가 죽었느냐?' 물어보니, 그 여성 PD였다. 놀라움에 창밖만 보았다. 장례 버스가 회사를 돌아 나갔어도, 공간은 말 없는 눈물과 침묵이었다. 무거운 침묵 후에 내가 물었다.

"자살입니까?"

"어떻게 아세요?"

나는 대답을 할 수 없었다. 죽은 날짜와 생년월일을 알아봐 달라고 부탁했다. '내 도리도 있으니, 좋게 쓰겠다.'고 약속해 주었다. 황망한 걸음으로 회사로 돌아오던 거리가 자꾸만 흔들리고 있었다. 거리의 소음들이 일체 들리지 않았다. 어떻게 회사로 돌아왔는지, 지금도 기억에는 아예 없다.

회사로 돌아와 전라도 큰절 부속암자 주지스님께 상담차 전화를 드렸다. 그동안 있었던 인연의 순서를 말씀드리자, '가장 간단하게 49재를 올리겠다.' 하셨다. 오직 밥 한 그릇과 국 하나, 그리고 테이프로 들려주는 법문. '월급이랄 것도 없는 형편이니, 끝나면 10만 원만 보내 달라.' 하셨다. 처음 가 본 남도의 신혼여행에서 하룻밤 자고 온 암자였다. 세상에서 가장 싼 49재가 스님의 배려로 만들어졌다.

방송사 설립 준비와 사내 뉴스를 시작으로, 49재도 잊어버릴 만

큼 일에 빠져 있었다. 직장 밖 거리로 나가면 앞을 걷던 행인이 갑
자기 사라져 버리는 환영 같은 걸 몇 번 느꼈다. 죽음은 그렇게 갑
자기 찾아오고 갑자기 사라지는 환영 같은 것, 살아 있음이 허망하
다는 생각이 많이 들기는 했다.

　어느 날 밤, 꿈을 꾸었다. 스스로 삶을 끝낸 여성 PD였다.

"저 강을 건너야 합니다. 도와주세요."
　사위는 인적도 없이 캄캄한 곳. 시커먼 검은 강물의 건너편은 멀
어 보였고, 보기에도 무섭고 난감했다.
"어떻게 건너야 합니까? 배도 없는데."
"저를 그냥 등에 업고 건너간다 생각하시고 들어가시면 됩니다."
　그녀의 말대로 등에 업고 강물에 뛰어드니, 단숨에 건너졌다. 옷
과 몸이 젖지도 않았다. 강물을 건너니, 다시 검은 동굴이 나타났
다. 동굴도 지나야 한다기에 나란히 서서 걸었다. 드디어 동굴 바
깥이 동굴 안에서도 보였다. 모두가 흰옷이었고, 아주 밝고 평화스
러운 풍경이었다. 같이 걷던 그녀가 갑자기 나를 잡고 세웠다. 동
굴을 빠져나가기 직전이었다.
"저는 저쪽으로 가고, 이제 돌아가셔야 합니다."
"왜요? 여기까지 왔는데, 왜 혼자 돌아가야 합니까?"
　대답도 없이 그녀의 입술이 나의 입술에 포개졌다.

　갑작스런 키스에 놀라 눈을 뜨니 꿈이었다. 이상한 꿈도 다 꾸었

다며, 통근 버스로 출근했다. 다시 일에 빠지고 직장의 점심시간이 가까워진 시간에 전화가 왔다. 49재를 해 주겠다 하신 전라도 어느 절 주지스님의 전화였다.

"스님, 어쩐 일이십니까? 전화도 다 주시고."

"방금, 일전에 말한 분의 49재 막재를 오늘 끝냈습니다. 알려 드리려고 전화를 했네요."

"아, 그렇습니까? 오늘이었습니까? 저는 일에 빠져 몰랐습니다."

"바쁘면 잊을 수도 있지요."

"스님. 수고하셨습니다. 그러면 얼마를 보내 드리면 되겠습니까?"

"사진도 없었고, 생년월일과 이름만 적어 밥과 국만 올리고 지냈습니다. 형편을 잘 아니, 일전에 말한 대로 10만 원만 보내 주세요."

"감사합니다, 스님. 말씀대로 하겠습니다. 고맙고 또 고맙습니다. 당장 나가서 보내겠습니다."

"그래요. 시간 나면 또 놀러 오세요."

"그렇게 하겠습니다. 스님, 고맙습니다."

전화를 끊고서 잠시 생각에 잠겨 버렸다. '깜박 잊고 있었는데, 오늘이 그날이었구나. 그래서 그런 꿈이 꾸어졌구나. 다행이다. 저승길 가는 것도 절차가 있나 보다…….'

밥 한 그릇과 국 하나로 기원祈願한 지인의 49재였다. 몸으로 경험한 그 꿈과 함께, 목숨의 은인께서 사진만으로 내 어머니의 천도재를 해 주신 날들이 지금도 기억에 생생하다. 잠자듯 누워 돌아가신 어머님은 집착이 남아 있었다. 나의 스승님이 되신 큰스님의 당부를 어머님은 지키지 않으셨다. '돌아보지 말라는 당부를 7번 반이나 어기셔서, 천도에 애를 먹었다.'고, 지나가는 말씀으로 알려 주셨다. 깊이 감사함은 물론이었지만, 집착이나 미련, 원한이 남아 있으면 저승에도 못 간다는 걸 알게 됐다.

　말 한마디 믿고 응해 준 결혼이었다. 결혼식 전후의 좌불안석과 불길함의 예감은 적중했다. 참고 버티다 상상해 보지도 못한 수모를 당했다. 밤새워 홀로 울다가, 옷만 싸 들고 가출했다. 어머니를 찾아뵙자마자, 격려의 밥상으로 나를 위로하셨다. 이틀 만의 식사에 속울음을 삼키며 젊은 날의 모두를 포기했다. 가졌던 모든 물질을 놓은 완벽한 빈손. 7년 만에 완벽한 타인의 길을 택했다.

　보이는 것만 믿고 사는 이들이 많다. 사후세계를 부정하고 종교까지 부정하기도 한다. 그들은 거의 물질과 돈을 좋아하는 부류에 속한다. 그들의 사후死後가 좋을 이유는 털끝만큼도 없다. 보이지 않는 세상, 기氣의 세상은 차원과 혼魂의 등급도 다른 각계各界가 있다. 보이는 세상과는 비교가 불가하다 할 만큼 크다. 하늘의 법과 이치로써 영원히 다스려지고, 엄연히 존재하는 세상이다.

2024年 11月 24日

복수하러 온 수녀님

2006년 9월 12일. 팔공산 가게에서 몸이 죽었다가 살아나 서울의 누님 집을 다녀오던 길. 몸이 머물 장소를 물색해야 했다. 친하게 지낸 조계종 어느 절 주지스님이 생각났다. 그때까지 그 스님의 모든 부탁을 다 들어주었고, 어머님 49재까지 지낸 동화사 말사였다.

직접 찾아갔다. 머물 동안에 한 달에 얼마를 드릴 수 있다고, 머물 동안 작은 연못을 만들어 드리겠다고 조건을 넣어 자신 있게 말했지만, 단번에 거절이었다. 속으로 놀랐지만, 내색하지 않았다. 나는 단 한 번도 거절한 적 없었는데……. 훗날에 알게 된 거절 이유는 '조만간 내가 죽을 목숨으로 짐작해 절이 시끄러워지기 싫은 것'이었다. 나의 얼굴이 많이 야위긴 했다.

실망으로 힘 빠져 돌아오던 길에, 손님으로 많은 수련을 사 가시고 하단전下丹田을 만들어 주신 스님께서 전화를 주셨다. 자신의 절로 들어와 쉬어 가라는 말씀이었다. 갑자기 닥친 현실에 당장 머물 곳이 없었다. 그 말씀을 받아들였다.

절에 들어가자 독방이 마련되어 있었다. 잠이 쏟아졌고, 잠에 빠져 버렸다. 깨어나 물어보니 2일이 지나 있었다. 밥을 먹고서 다시 잠으로 빠졌다. 몸으로 이상함을 느끼며 잠이 들었는데, 온몸에서 아주 미세한 공기 방울 같은 것들이 빠져나가고 있었다. 스펀지를 물에 넣으면 물방울이 올라오던 것을 연상하며 잠이 들었다. 다시 깨어나도 마찬가지. 몸으로 제법 오랜 시간 동안 겪은 신기한 경험이었다.

이윽고, 목숨의 은인인 줄도 모르고 스님께 불려 갔다. 모두가 웃으며 '잘 잤느냐?'고 물어 주셨다. 가게 손님으로 자주 오셔서 모두가 아는 얼굴이었다.

"처사, 실컷 자 보셨는가?"

"네. 정말 고맙습니다. 덕분에 정신 없이 잤습니다."

"다행이네, 실컷 잤으니."

"하나 여쭤봐도 되겠습니까? 자면서 이상한 걸 느껴서 그렇습니다."

"말해 보시게."

"잠결에 몸이 이상했습니다. 그래서 여쭈어봅니다. 온몸에서 아주 작은 공기 방울 같은 것들이, 잠을 자는 동안 계속 빠져나가는 느낌이었습니다."

"답해 주기 전에, 내가 먼저 물어보겠네."

"예."

"처사가 살아오면서 남의 부탁을 많이 들어주었는가? 직장의 윗사람이나 아는 사람들이, 대가도 없이 이것 좀 해 달라 저것 좀 해 달라 하면서 부탁한 것들을 말하네."

"네, 많았습니다. 해 줄 수 있어 해 주었습니다. 보고서나 기획안 같은 것들도 많이, 부탁하면 며칠이 걸려도 써 주었습니다. 연애편지도 대신해서 많이 써 주었습니다.”

“공짜로?”

“네.”

“몸에서 빠져나가던 공기 방울 같은 것은 시간이었네. 몸이 손해 본 시간을 돌려받았어. 시간의 대가代價. 이제 그들로부터 다 돌려 받을 것이네. 다른 말로 말하면 업業이야. 지은 빚, 카르마야. 시 간을 빼앗아 간 그들은 대가를 치러야 하네. 이제부터 그들에게는 나쁜 과보들이 일어날 것이네. 처사의 몸에서 시간들이 빠져나와, 시간을 빼앗은 그들에게로 돌아갔네. 업이 업의 본래 자리를 찾아 돌아간 거네.”

“…….”

처음 듣는 어려운 말씀과 나의 과거 시간까지를 아신다는 것에 놀라서, 놀란 얼굴은 고개만 들려져 잠시 고정되었다.

“가서 다시 잠이나 자시게. 더 자야 되네. 밥 먹고 다시 실컷 잠 에 빠져 보시게.”

“……예.”

절집의 규칙은 불교대학을 다니며 익히 들어 온 터였고, 미안함 에 작은 목소리로 겨우 답변했다. 독방으로 돌아오자 밥상이 들어 왔고, 공양간에 가지 않고도 밥상을 받는 대접을 받았다.

다음 날 저녁, 잠에서 깨어나 방문을 열어 두었다. 물어볼 상대 가 없고 조심스러워, 잠에서 일어났음을 알리는 나의 표식이었다. 지난 며칠간의 갑작스런 일들이 믿기지도 않았다. 이내 ‘오시란다.’

는 공양주 보살님의 전갈이 왔다. 가게에서 수련도 수차례 구입하신 아는 얼굴이었다. 긴장해서 대중방에 들어가니, 모든 절집 식구들이 벽마다 모여 있었다. 나까지 모두 10인이었다.

"중간으로 나오시게. 구병시식救病施食을 해야 하네."

속으로 또 놀라며 중간으로 가서 앉았다. 구병시식은 대구불교대학 2년을 다니며 들어 본 말이었다. 말로는 들어 보았지만, 대상이 나라는 사실과 내 몸에 무엇이 들어왔다는 사실에 많이 놀라고 있었다.

"처사, 인기가 정말 많았구먼. 몸에 들어온 귀신들이 모두 여자, 여인들이네."

절집 식구들 모두는 따라 웃었지만, 놀란 나는 굳어 있었다. 모두는 스님 말씀을 알아듣는 듯했지만, 나는 처음 듣는 말씀이 황당해 잠자코 있었다.

"처사, 지금 사타구니 밑 거시기에서부터 아주 느린 속도로, 무언가 밀려 나오는 것이 느껴지는가?"

"……? 예! 그러네요. 무언가 전체적으로 둘러싸여 한꺼번에 밀려 나가는 느낌입니다."

지금도 기억에 선명한 몸으로 겪은 미묘한 밀려남.

"맞네. 지금 빼내는 중이야. 모두 육체로써 서로 얼굴들을 알고 지낸 여자들이네. 살아 있는 여자들의 혼, 산 귀신들이네."

"……."

"내가 지금 기공氣功으로 산 귀신들을 한꺼번에 쫓아내고 있네."

“……..”

알아듣지를 못해 반응도 못 하고 가만히 있었다. 재미가 있는지 절집 식구 모두가, 스님까지 웃으시고 있었다. 얼마 전까지도 가게에서 손님으로 맞이하면서 팔팔했던 내가 완전히 반대로, 꿰다 놓은 보릿자루가 되어 있었다.

“처사의 몸이 죽어 가자, 처사가 만나 온 인간들의 혼이 처사의 기氣를 빼앗아 가려고 자리들을 잡았네. 수십 명 모두 여자들이네. 처사의 몸이 많이 탐났던가 보이.”

나는 알아듣지를 못해 반응도 못 했고, 옆에선 킥킥거리며 웃고 있었다.

“잠깐, 낯선 게 하나 있네. 나이 든 수녀야. 처사, 한 2년 전에 수녀와 무슨 일이 있었는가?”

“네? ……네.”

엉겁결에 나는 또 깜짝 놀라며 답변했다. ‘나만 아는 2년 전의 일을 어떻게 아신단 말인가? 와, 완전 귀신이네.’

“이것이 복수하러 처사 몸속에 와 있었네. 나는 지금 혼을 빼 줄 테니, 무슨 일이 있었는지 말해 보시게.”

2004년의 여름이었다. 한적한 점심때쯤 티코 1대가 가게 앞 주차 공간에 들어왔다. 일을 멈추고 밖으로 나갔다. 젊은 아가씨가 운전석에서 내렸고, 조수석에선 수녀님 한 분이 내렸다. 나이는 지긋해 칠순은 되어 보였다. 인사를 드린 뒤, 편히 구경하시라며 밖에서

하던 일을 다시 잡았다. 잠시 뒤 수녀님이 물어왔다.

"이건 얼마인가요?"

"수생식물 부들입니다. 소시지 같은 누런 몽둥이가 생깁니다. 한 포트 5천 원은 받아야 하는데, 제가 자연에서 직접 채취해 왔습니다. 그래서 그냥 드리겠습니다."

"이것은 얼마인가요?"

"이름은 티나이고, 보라색 열대수련입니다. 밖에서 월동은 못 하고 얼면 죽습니다. 제가 1만 원에 사 왔습니다. 수녀님께는 남길 마음이 없으니, 1만 원에 드리겠습니다."

"5천 원에 주세요."

"안 됩니다. 1만 원에 제가 사 왔습니다. 장사도 남겨야 하지만, 수녀님께는 사 온 가격에 드리겠습니다."

"5천 원에 주세요."

"안 됩니다. 다른 가게 가시면 알아보세요. 2만 원이 요즈음의 판매가입니다."

"그 말을 우째 믿노? 5천 원에 그냥 주세요."

"안 된다니까요. 저도 장사합니다. 손해 보며 팔지는 못합니다."

'우째 믿노?'라는 말에 속이 상했다. 놓았던 일을 다시 잡으며, 은연중에 거절 의사를 강하게 표현하고 있었다. 따라온 아가씨는 아무 말이 없었다. 다시 수녀님이 재촉했다.

"5천 원에 주세요."

일을 놓고 일어섰다. 할 말은 해야 했다.

"수녀님, 저는 저 수련이라는 물건의 주인입니다. 이제부터 수녀님께는 이 가게의 어떤 물건도 팔지 않습니다. 제 말을 믿지 않으시니까요. 수녀님께는 이익을 남길 마음도 없습니다. 종교는 다르지만, 수녀님도 공부하시는 분입니다. 공부하시는 분이 사람의 말도 믿지 않으시니, 제가 우째야 되겠습니까? 수녀님께는 이제부터 아무것도 안 팝니다. 저는 들어갑니다."

수녀님의 얼굴이 붉어지고 있었다. 같이 온 아가씨가 급히 차의 시동을 걸려고 뛰고 있었다. 나는 안으로 들어왔고, 커피를 타서 마시며 돌아보니 차는 떠나고 없었다.

"그랬었구먼. 그래서 수녀의 혼이 복수하려고 들어와 있었구먼. 처사, 나이 많은 수녀가 다른 반응은 없었고?"

"예. 반응도, 한마디 말씀도 없었습니다. 얼굴이 빨개지더니 그냥 가셨습니다."

"수녀가 평생 닦은 공부가 처사의 한마디 말에 깨어져 버렸구나. 공부가 깨어졌어. 그래서 복수하러 왔어."

아무것도 모르니, 아무런 답변도 나는 할 수 없었다. 보이지 않는 세계, 혼의 세상에 대해, 처음으로 나는 듣고 있었다. 아득해지는 느낌이었다.

"스님들은 법거래를 거의 하지 않아. 공부가 걸리는 법거래는 지는 쪽의 평생 공부가 다 깨어지거든. 깨어지면 공부의 힘도 다 빼앗겨. 처사가 수녀의 평생 공부를 다 빼앗아 먹었네. 허허허허……

재미있구만."

　스님의 말씀이 무슨 말씀인지를 나는 알아듣지 못하고 있었다. 입을 다문 채 눈만 멀뚱멀뚱 뜨고 앉아 있었다.

　"야들아, 통 갖고 와 봐라. 이 처사가 우째 살아왔는지, 다른 것도 함 봐야겠다."

　어느 보살님이 수저통처럼 생긴 통을 가져오셨다. 스님이 건네받은 통은 대나무로 만들어진 통에 많은 젓가락이 담겨 있었다. 젓가락마다 얼마까지 적혔는지는 몰랐지만, 숫자들이 적혀 있었다. 한 번 흔들었다 튀어오르는 젓가락 하나 잡기를 반복하시며, 스님은 말씀을 이어 가셨다.

　"몇 살에 아버지를 잃었네. 몇 살에 무엇을 했고, 몇 살에 무엇을 했네. 몇 살에 사기 결혼을 당했고……."

　들어 보니 틀리는 것 하나 없었다. 온몸에 소름이 끼쳐 왔다. 몸이 오싹 추워지고 있었다. 옆에 있던 절집 식구들 모두는 나를 보며 빙그레 미소들을 짓고 있었다.

　아―, 속으로 아 소리가 절로 나왔다. 보이지 않는 세계, 혼의 세계를 난생처음 겪고 있었다. 구병시식 후 몸의 반응은 스님 말씀대로 나타나고 있었다. 소스라치게 놀라도록 진실이었다. 속으로 나는 다짐하고 있었다. 앞으로 어떤 것도 스님께는 감추지 않고, 거짓은 생각조차도 하지 않겠다고, 나는 나에게 약속하고 있었다.

　나를 살리려고 일부러 손님으로 찾아오신 스님과의 인연이 좋아서였는지는 알 수 없지만, 나는 빠르게 절집 생활에 적응해 갔다.

고령군의 폐교된 학교를 거처로 알아보면서, 긴 꽁지머리 그대로 승복을 입었다. 스님께서 사 주신 첫 승복이었다. 두꺼운 겨울 두루마기를 입고, 고령으로 홀로 떠나갈 수 있었다. 고령의 처소에는 내가 스님께 판 100여 종의 수련들을 절집 식구들이 모두 오셔서 옮기시고 있었다.

함구緘口. 모든 절집 식구들이 지켜야 할 불문율. 어기면 바로 쫓겨난다는 것도 알게 되었다. 고령의 폐교된 학교의 관사에서 나는 경들을 놀랍도록 빠르게 외우며 참선 공부에도 들어갔다. 자꾸만 빠져들어 간 나의 참선삼매三昧에, 스님께선 호탕하게 웃으시며 좋아하시고 있었다. 나는 작은 수첩에, 밤마다 몸으로 겪은 그날의 일들을, 아무도 모르게 적어 가고 있었다. 지금도 믿기지 않는 일들을 책으로 쓰고자, 세밀히 메모하고 있었다. 2006년의 겨울, 동지 전이었다.

2024年11月 7日

마지막 목숨 구하기

2019년 10월 말의 일요일이었다. 갑자기 목숨의 은인, 스승님께서 또 전화를 주셨다. 2015년 6월 하순. 거창에서 죽음을 기다리던 중, 늦은 밤 갑자기 전화를 주신 이후 처음이었다. 첫 전화로 우여곡절 끝에 4번째 목숨을 건진 후에 받은 전화였으니, 직접 전화하신 것으로는 두 번째였다.

"너, 거기 어디고?"

"영천에 있습니다."

"주소 대 봐라."

"어디 어디입니다."

"알았다. 지금 출발한다."

"……."

2018년 7월 초에 영천 대곡리의 농가주택에 월세로 들어와, 3개월의 보수 공사를 마치고 '산수간山水間에' 연꽃 수련 농장을 다시 개업한 후였다. 농장 이름도 서울 변리사에 의뢰하여, 한글과 한자를 특허청에 등록하여 재출발한 상태였다. 직업도 가져, 대창의 자동차 1차 금속 가공 공장에 취업하여 제품 배달을 하고 있었다. 마당에는 1백 종이 넘는 수련들의 개화가 가을의 막바지에 힘을 내고 있었다.

‘또 갑자기 무슨 일이시지? 큰일이 아니면 전화하시는 법이 아예 없는데……’ 영문을 몰라도 찾아오신다는 말씀에 긴장되기 시작했다. 다행히 집은 깨끗한 상태였고 동네 입구 첫 집이었기에, 주차장 공터에 일찍 마중을 나갔다. 절집의 공양간보살님 두 분이 같이 오셨고, 객방客房으로 안내하고 3배를 드렸다. 모두 웃음기가 없으시고 나를 주시하고 계셨다. 분위기가 팽팽했다.

“너 그동안, 도대체 무슨 일을 했노?”

“농장을 시작했고, 지금은 자동차 부품 배달 일을 하고 있습니다.”

“그거 말고…… 또 사람들 도와주었느냐?”

“예. 도와주긴 했습니다.”

“기氣로써 무엇을 했느냐?”

“고질병으로 고쳐지지 않던 아픈 곳들과 아프다는 곳들을 기로써 치료해 주었습니다.”

“이놈아! 니가 해 준 것이 구병시식救病施食이다.”

“…….”

“구병시식인 줄 몰랐더냐?”

“예, 몰랐습니다. 기로써 간단히 해결이 되길래, 그리했습니다.”

“몇 명에게 해 주었느냐?”

“30명쯤 됩니다.”

“돈은 받고 해 주었느냐?”

“그냥 해 주었습니다.”

“그럴 줄 알았다. 그래, 고맙다고는 하더냐?”

“스님 한 분만 고맙다 하셨고, 다른 사람들은 고맙다는 말도 없었습니다.”

“바보야, 바보야! 이 등신아! 그래서 니 목숨이, 또 끝났다. 도대체 내가 니 목숨 구한 것이, 지금까지 몇 번이냐?”

“……”

“니가 아는 대로 말해 봐라.”

“……7번으로 알고 있습니다.”

“니한테 말해 주지 않은 것까지, 이번으로…… 9번이다. 이놈아!”

“……”

“등신아, 등신아! 고마워하지도 않는데, 와 니 목숨까지 바쳐 가며 도와주노?”

“…………”

“니, 언제까지 절에 들어와야 한다. 들어오지 않으면, 니는 죽는다. 살든지 죽든지, 니 알아서 해라.”

“…………”

“바보 얼굴 보기 싫다. 야들아, 가자.”

오신 지 5분도 지나지 않았다. 같이 오신 보살님들은 한마디 말씀도 없으셨다. 말없이 뒤를 따라가, 차 꽁무니에 합장해야 했다. 차는 빠르게 멀어졌다.

날짜를 확인하니, 20일 정도의 여유가 있었다. 월급도 자꾸 밀려, 월 1백만 원만 겨우 지급받고 있었다. 수련과 연꽃, 다육이들을 정리해야 했다. 농장을 하시는 분과 약속해 수련들 인계 날짜를 잡았고, 다육이들 모두는 지인에게 연락해 드릴 수 있었다. 많은 연통도 정리하고, 마당과 텃밭의 연못 7개도 허물어 원래 상태로 복구해야 했다.

농장을 다시 여느라, 처음으로 신용대출을 일으킨 1천만 원 은행 변제가 걱정이었다. 겨우겨우 매달 얼마씩 갚아 왔는데, 목숨 앞에서는 변제 걱정도 놓아야 했다. 수련과 연꽃 등은 빨리빨리 그냥 드리는 것이 정리하기의 최선이었다.

스승님께서 오라 하신 11월 기한 날짜에 맞춰 절에 들어갔다. 절집은 너무나 많이 변해 있었다. 꿀벌 농장을 새로 시작하셔서, 봉장이 3곳이나 되었고, 양봉 중인 통수만 전부 1천3백 통이었다. 다시 절집 식구가 되어, 바쁜 양봉 일을 거들게 되었다.

11월 말 어느 날의 오후였다. 양봉장의 일로 바쁘게 움직이고 있었는데, 지진이 난 것처럼 갑자기 땅이 흔들리기 시작했다. 머리도 어지러웠다. 급히 주저앉았고, 두 손으로 땅을 짚고 쪼그려 앉았다. 스승님이 가까이 다가오셨다.

"니, 지금 몸이 이상하제? 땅도 막 흔들리고……."

일어서지 못해, 앉은 채로 답변했다.

"예."

"니 죽을 시간이야, 인마. 정신 바짝 차리고 견뎌. 내가 기氣로 받치고 있으니, 걱정은 하지 말고.”

“예.”

30분쯤이나 지났을까. 갑자기 땅이 굳어졌다. 흔들리던 땅의 움직임도, 머리 어지러움도 그쳤다. 스승님이 또 다가오셨다.

“이제 괜찮아졌제?”

“예.”

“됐어. 살아났어. 하던 일 계속해도 돼.”

“예. 고맙습니다.”

모두가 각자의 일에 빠져 주위에는 아무도 없었다. 이렇게, 9번째의 죽음을 나는 넘었다.

이듬해 1월에 허락을 얻고 절을 나왔으나, 갈 곳이 없어 영천 빈집으로 다시 돌아왔다. 3개월 월세 30만 원이 밀려 버렸다. 수리 비용 3백만 원을 들여 3달간 집을 고쳤는데, 거짓말을 하며 내쫓으려는 집주인과 말을 섞고 싶지 않았다. 나가기로 하고, 밀린 3개월치 월급을 받으러 다니던 공장엘 갔다. 그 월급 다 받아 내는 데 6개월이 걸렸다.

떠나오던 날 점심 무렵. 동네의 팔순 중반 안어른들이 오셔서 눈물들을 훔치셨다. 그동안 많이 고마웠다며, 가다가 국수라도 사 먹으라고 3분 모두 1만 원씩을 주셨다. 그날 아침, 집주인의 트럭이 사고가 나서 폐차했다고 알려 주셨다. ‘하늘의 벌 받았다.’며 눈들을 흘기셨다. 집주인 부부의 5년 된 아픈 곳을 치료해 주었던 것에 대해서는 입을 닫고 떠났다.

그때부터 마음을 모질게 먹었다. 전생前生의 잘못으로 아픈 것이든, 현생의 잘못으로 아픈 것이든 모른 척하기로 했다. 선하게 사신 이들에게는 선함의 자격으로, 도움되는 말만 지나가듯 던진다. 믿고 안 믿고는 그들의 문제다. 고질병이나 아픈 것에 대해, 이제는 동정도 연민도 절대 하지 않는다. 그들의 행업行業(카르마)대로 받고 있는 하늘의 법칙이기 때문이다.

나의 동정과 연민의 결과는 내 목숨이었고, 농장투자금 1천만 원이었고, 처음으로 아직도 월급이 잡혀 찾지 못한 1금융권 신용불량자였다. 이제는 바보로나 호구로는 살지 않는다.

2025年 4月 22日

49재와 천도재의 차이

글 제목만 입력해 두고 며칠을 고민했다. '이 글을 써야 하나, 말아야 하나.'였다. 알고 있는 분도 있을 텐데 전해 주는 말을 들어 본 적이 없었고, 불교 서적을 오래 탐색했으나 그런 내용이 없었다. 엄연히 먹고사는 밥벌이 문제를 꺼내는 일이라 극히 조심스러웠다. 언제나 남의 약점만 파고, 시기와 질투에 이기와 돈으로 돌아서던 세상인데. 써 본들 돌아옴은 화살뿐일 텐데……. 그렇게 시간을 보냈다. 결국 모르고도 짓는 무서운 자승자박自繩自縛의 문제라 꺼내기로 했다. 자승자박. 자신이 만든 줄로 자신의 몸을 옭아 묶으면 어떻게 될까. 어리석고 무서운 뒤끝이다.

49재齋는 죽은 사람을 일주일에 한 번 재齋를 지내고 불경을 들려주면서, 중음계中陰界에 머무르지 말고 서둘러 저승으로 가라는 설득의 의식이다. 혼魂들의 배우는 속도는 육체가 가졌던 뇌가 배우던 능력보다 9배 이상이라, 어려운 불경의 가르침도 쉽게 이해하고 숙지한다. 49재는 혼에 대한 설득 작업이므로, 뒤끝이 없다. 설득과 가르침의 수용 여부는 혼의 의사와 선택이므로, 책임의 문제가 발생하지 않는다.

천도재薦度齋의 천거할 천薦은 옮길 천遷도 쓰는데, 죽은 사람의 혼이 이승의 중음계에서 떠돌지 말고, 정토나 천상에 가도록 치르는 의식이다. 조금 더 좋은 곳으로 가게 하는 것도 천도遷度에 해당된다.

여기에서 무서운 실상이 발생한다. 49재와 천도재는 같은 의식 비용을 받았으나, 49재는 책임이 없고, 천도재는 책임 문제가 생긴다. 옮겨 준다는 천도의 이름으로 돈을 받았으니, 옮겨 주지 않으면 죽은 혼이 돈을 받은 이에게로 '책임지라.'며 몸속으로 들어와 자리를 잡는 것이다. 무속인들이나 스님들의 몸이 많이들 아프신 이유의 하나가 이것이다. 치료를 받으면 잠시는 좋아지나 잘 치유되지가 않는다. 이른바 귀신의 병, 신병神病이다.

천도의 능력이 없으면, 죽어서도 책임져야 하는 천도재는 받지도 지내지도 말아야 한다. 말법語法도 법法이라서, 업業(카르마)으로 따라간다. 무서운 밥벌이이자 뒤끝이 아닌가.

천도의 가치는 돈으로 따질 가치가 아니다. 천도는 죽은 이의 가장 큰 소원, 절실하고도 마지막 소원 하나를 들어주는 지고지순의 가치다. 그래서 비용은 많이 드릴수록 좋고, 목숨 구명과 같은 큰 선업善業도 쌓는 셈이다. 천도재 비용은 지금보다는 아주 높게 합의되어야 한다고 생각한다. 49재는 불경 테이프에 의지하여 집에서 지낼 수도 있지만, 절차와 법도에 능숙한 절집에 부탁함이 가장 좋고 유리하다.

몸들이 아픈 원인에는 현생의 잘못(관리도 포함)도 있지만, 전생前生의 업으로 아픈 것도 참으로 많다. 전생의 원한을 가지고 복수하러 온 혼이기에, 수십 곳을 다녀도 고쳐지지 않는다. 참회하는 마음을 갖고 좋은 일을 많이 하고 마음공부를 많이 하면 아픈 곳이 좋아진다. 공부와 선행 덕분에 배운 득得을 봤으므로, 보이지 않는 세계의 혼도 득 본 만큼 돌려주는 것이다.

　세상에는 시간까지도 공짜가 없다. 남의 시간을 빼앗으면 돈으로 계산함이 원칙이고, 다른 방도라도 찾아 시간의 업도 결산해야 뒤가 없다. 시간도 반드시 갚아야 할 업으로 돌아온다. 시간까지도 존중해야 관계도 존중함이 되며, 시간을 아껴 주지 않는 인간관계는 끊어 내야 한다. 공짜 심리에서는 득이 될 일이 없다. 육체를 움직여 마련하는 노동의 돈이 가장 깨끗하다. 그 돈에 진심이 들어가면 정성이 된다. 모든 행위에 대해서 가고 옴의 거래去來는 분명해야 하고, 뒤끝 없이 살기를 찾으며 살 일이다.

2025年 8月 2日

꿈이 생시에서

　꿈을 꾸고 있었다. 어느 공간에 사람 형상의 인형이 엎드려 있었다. 인형이 해체되기 시작했다. 등을 덮은 헝겊의 재봉선 실밥이 터지기 시작했고, 등과 머리의 재봉실과 팔다리의 재봉실이 빠른 속도로 풀어져 나갔다. 단추들도 떨어지고 인형의 솜은 자꾸 낮아져 바닥에 붙었다.

　인형은 다시 만들어지기 시작했다. 솜이 부풀어 올랐다. 헝겊이 싸이고, 실들이 다시 빠른 속도로 꿰매지기 시작했다. 팔과 다리, 등의 실은 다른 색깔이었다. 미싱의 속도로 아주 빠르게 박아 내는 인형 만들기였으나, 미싱은 보이지 않았다. 단추들이 다시 붙었다. 인형이 완성되자 나의 의식이 돌아왔다. 눈을 뜨고 살펴보니, 엎드린 자세로 근무지의 소파에서 유튜브를 듣다 잠들어 꿈을 꾼 것이었다. 몽롱한 상태에서 불가사의한 일이 일어나기 시작했다.

　잠에서 겨우 깬 상태에서 몸이 바르게 눕혀지고, 불가항력의 힘이 몸뚱이 근육과 관절들을 풀어내기 시작했다. 양 손목과 팔목은 사정없이 뿌릴 듯이 풀어졌고, 양발은 공중으로 수차례 힘차게 뻗어 나가고, 목 돌리기, 가슴 펴기 등이 요가하듯 기묘한 동작들로 몸이 움직였다. 저절로 움직여지는 요가 동작의 온몸 풀어내기였다. 얼굴 근육 풀기에서는 틀니까지 삐져나왔다. 믿어지지 않는 동작들이 반복적으로 계속되었다. 힘을 뺀 몸은 가만히 있어야 했다. 이윽고 몸동작이 멈춰지고 고요해졌다.

일어나기도 조심스러웠다. 보이진 않지만 몸을 고쳐 준 분이 나를 보고 있다고 여겨졌기 때문이었다. 근무지의 불을 켜니 2월 16일 새벽 2시 45분이었다. 얼굴은 땀으로 흠뻑 젖었고, 갈증으로 목이 몹시 말랐다. 슬리퍼 신은 맨발로 흡연실로 갔다. 정수기의 찬물 두 컵으로 갈증을 풀며, 넋을 잃은 듯 망연히 의자에 앉았다. 몸으로 겪은 기氣 치료의 시간이 꿈인지 생시인지 확인하고 있었다. 생시였다. 깊이 감사했으나 믿기지 않아 천천히 담배를 물었다. 몇차례 담배 연기를 뿜어내자, 의자에서 또 다른 몸동작이 시작되었다. 담배를 재떨이에 던졌다.

5분쯤의 온몸 풀어내기가 끝나자, 근무지 앞 공터로 의지와는 관계없이 끌려 나갔다. 몇 차례 걷기 동작이 끝나자 나는 또 놀라 버렸다. 자세까지 똑바로 걷는 것이 되고, 빠져 버린 왼쪽 발목의 힘이 돌아와 있었다. 도무지 믿기지 않아 다시 걸어 보았다. 정말 정상적인 걸음걸이로 돌아와 있었다. 다시 깊이 놀라며 밤하늘을 향해 합장하고, 고개 숙여 속으로 '감사합니다'를 3번 반복했다.

감격에 젖어 근무지로 천천히 들어왔다. 땀은 식어 몸이 추워졌다. 커피를 탔다. 잊어먹지 않으려고 휴대폰 나의 블로그에 중요낱말들만 입력하기 시작했다. 몸으로 겪은 기 치료를 글로 쓰기 위함이었다. 겪은 순서대로 대충 입력을 마치고 시간을 보니, 새벽 3시 28분이었다.

무의식의 꿈에서, 말짱한 정신의 생시에서, 몸으로 겪은 보이지 않는 세상이 주신 몸의 회복과 기 치료. 2016년 초여름 어느 날. 두 발목의 힘이 갑자기 빠진 뒤, 일주일 뒤에 8번째의 죽음을 몸으로 겪으며 넘었다. 하늘의 은혜로 회복하기까지 9년이 걸린 셈이다.

민폐 끼치는 건강이 되면 단식으로 자연사에 이를 결심까지 해 두었는데, 고독사에 대비해 장례비용까지 이미 맡겨 두었는데⋯⋯. 나의 명命대로 살아 보라는 하늘의 뜻으로 받는다. 형제들에게 가출하게 된 이유를 말도 못 하고, 홀로 서러움을 견디며 살아 냈던 억울함. 분노의 심화心火로 첫 목숨을 잃은 내 억울함이 하늘에까지 닿았나 싶었다.

힘을 줄 수 없어 왼발이 약간 절룩거렸던 시골길 산책의 걸음걸이에서, 이제는 시골길을 뛰는 것으로 건강을 되찾고자 한다. 젊은 날의 특기였던 오래달리기의 지구력과 순발력을 회복하려고 한다. 성치 않은 몸으로도 전국 노가다유랑을 했는데, 칠순을 앞두고 몸의 기능이 기적처럼 회복될 줄이야.

앞으로는 자꾸 젊어질 것임을 미리 예감한다. 다시 뜨겁게, 인간답게 살아 보라는 하늘의 뜻으로 헤아린다. 겸허히 낮추고 낮추며, 사랑의 세상살이를 다시 하고자 한다. 존중과 예의가 없어 아직도 자기감정에 따라 사는 오랜 지인들도 이젠 버리고, 냉정한 업業의 결산으로 살아 내고자 한다. 나이 육십, 칠십을 넘고서도 고쳐지지 않는 오래된 인연들도 오늘로 끝내고, 돈과 택배에도 받을 자격을 따지고자 한다. 주는 진심은 그만큼의 무게와 관심이 있다. 지금까

지 거절한 적 없고 돈 받은 적 없었던 부탁도, 이제는 그들 모르게 마감한다.

2025年 2月 17日

봄은 늘 아팠어

가을 이별들과 움직임을 멈춘 겨우살이 뒤,
봄은 늘 아프게 시작되었어.
봄날은 간다 무상無常한 노랫말이 아니더라도,
꿀벌들 이른 나들이에 조바심이 앞서던 몸살.

설탕물로 겨우 버틴 춥고 굶주린 겨울 동안,
얼마나 단순하고 투명하게 살아야 했을까.
헛것에 속아도 견뎌야 하는 숙명의 외길들이라,
여자의 일생이 대입되듯 늘 가슴이 저렸어.

어머님과 누님 갑자기 눈물 없이 침착히 보낸 뒤,
싫증과 무상에 젖은 봄날의 거리에서 만난 꽃잎들.
꽃비 내리기 시작하면 봄철 내내 한 노래만 들었어.

거리에서 글 쓰며 여름에야 겨우 아픔을 벗었어.
경험해 본 사이비 사랑도 가소로워 아팠고,
상처들 감추고도 웃으며 살아 내는 외길 위 몸짓들.
나이 들어 사연들 보이니 해마다 자꾸 아파.

목숨 끝낼 순간에도 잡았다 놓아야 할 기억.

봄은 늘 그렇게, 아프고 아팠어.

2025年 3月 11日

고요한가 묻기

외출과 행위 하나를 끝내고 돌아오면 나는 늘 점검한다. 인사나 나눔, 교유交有의 행위에 목적이 있었는가. 혹 마음 한편에 바라는 것은 없었는가. 형님 댁에 다녀옴은 온전한 얼굴 보여 주기이니, 무엇이 있었거나 괜찮다. 말과 행行이 모자랐으면 다음에 채우면 된다. 그래서 늘 가볍고 맑게 비워진다.

또 다른 행위에는 나의 바람이 섞였을 수는 있다. 기대하진 않지만, 고단한 살아 내기에서 끈적거림이 없는 삶의 재미로 해석된다면, 섞여 있을 바람도 긍정적이므로 괜찮다고 여긴다. 끝난 행위의 여운 속에서 나의 내면이 고요한가를 묻고 잊어버리는 것이다. 어떤 결과라도 내가 맞춰 가야 하므로, 과정이 물 흐르듯 고요했는가를 반드시 돌아본다.

어떤 색깔의 살아 내기라도 개인의 인생은 저마다 자신의 삶을 만들어 가는 것이라고 생각한다. 후회됨이 없도록 점검하며 가는 것. 타인의 눈과 평가를 의식하거나 타인과 비교하는 살아 내기를 보면 많이 안쓰럽다. 덜 성숙했거나 물질 추구의 삶이라 여기므로 아예 관심조차 끈다. 인생을 결산할 때에는 거두어들일 것이 하나쯤은 있어야 한다. 모자람과 어리석음, 옳고 그름은 스스로 알아야 하는 자각의 문제다. 참견하거나 조언을 할 필요가 없고, 좋은 의

도로 시도해 봐도 결국은 시간 낭비다.

보이지 않는 세계는 마장魔障이 많다. 생각지도 않은 나쁜 생각이 문득 떠오르는 것이 그런 것이다. 바르게 살려 하거나 진리 공부를 시작하면, 그런 사례는 아주 빈번해진다. 대부분 방해를 하러 오지만, 배우러 오는 존재도 아주 가끔 있다. 기氣의 세상을 몰랐을 때는 들어도 믿지 않았다. 기의 세상에 눈뜨고부터는, 경건한 가르침과 극히 조심해야 할 단계로 여겨 늘 경계하며 넘었다.

일상은 마음이 가볍고 무겁기의 반복이다. 마음의 짐, 고苦는 무조건 내려놓고 비워야 한다. 일상의 끝은 평온해지기와 매사의 결과에 만족하기다. 더 바라는 것도 나의 욕심이고, 더 움직여 봐야 나아질 재간이나 방법도 없다. 누구에게나 마음에서 나와의 거리가 유지되어야 고요해진다. 일정한 거리에서 예의나 존중, 배려와 인정하기를 먼저 하면 된다. 잘난 척, 아는 척, 가진 척, 착한 척은 관계의 불편함과 멀어짐의 요소다. 모자람도 있는 그대로 인정하고 드러내면 된다. 솔직하면 여유와 여백이 생기고, 거리와 관계를 편안하게 한다.

나는 왜 오늘 외출하는가. 돌아올 때는 어떤 무게로 돌아와야 하는가. 자신을 돌아보고 고쳐 가는 일상은 자신의 길을 만듦의 시작이다. 자신들 나름의 고귀한 '가지 않은 길'이 된다. 공부하는 이에게는 '길 없는 길'이 되고, 처사인 나에게도 '길다운 길', '덜 부끄러운 길'은 된다.

세상살이는 결국 자신의 길을 스스로 만들며 걷는 것이다. 저마다 홀로 가야 할 코뿔소의 뿔이자 무소의 길이다. 배를 채운 육식 동물은 다른 동물의 먹이를 빼앗고자 싸우진 않는다. 보다 인간답기는, 식물만 뜯어 먹으며 고요히 사는 온순한 무소를 닮을 일이다. 채식주의를 말하는 것이 아니라, 동물적인가 식물적인가 하는 심성도 따질 일이다.

어떻게 걷느냐. 방향과 질, 내용과 순수한 과정에 따라서 영혼靈魂의 등급이 생긴다. 물질계에 지고 살았느냐, 정신계를 향해 살았느냐는 살아온 이력과 발자국이다. 과거가 모여 오늘이 되었고, 오늘들이 모여서 미래가 되고 다음생이 된다.

마음의 짐 내려놓기에서 평온해지기와 만족하기로 들어가면, 살아 있음과 자연에 대한 감사가 저절로 찾아온다. 기의 세상 허공계虛空界도 마음가짐과 성숙도에 맞추어 반대급부를 돌려주는 것이다. 방해하기나 해당 수준에 머무르기, 털어 내고 나아가기에도 기의 세상은 반드시 보답한다.

어떤 요구나 욕심도 없는 '사랑하기'에도 기의 세상은 대우를 해준다. 물 흐르듯 끝낸 것은 무조건 잊고, 모자라고 잘못된 것은 곱씹어 가며 고쳐 가야 한다. 걱정거리나 답답한 것도 비워 내야 한다. 비워 내기에 따라서, 기의 세상은 엎드려 감사할 만큼 보상의 선물을 준다. 작은 각覺은 또 다른 각을 불러오기도 한다.

늘 고요해야 한다. 마음이나 일상이 고요하지 않으면 무조건 내 잘못이다. 찾아보고 점검하면, 떠오르고 돌아다니는 감정과 원인이 찾아진다. 모는 결과는 내 탓이고, 내 잘못이다. 나의 모자람도

내가 눈을 뜨지 못했음에 있다.

2025年 5月 6日

남은 날 언약

흙담에 붙어 겨우 자리한 접시꽃들 보며,
좁은 공간에 가둬 준 식물의 처신에 놀란다.
식물도 통행에 걸리적거리면 제거됨을 알았을까.
남은 날 살아 내기의 약속을 나도 문득 만든다.
가난해도 지켜 낼 수 있을 쉬운 것으로.
이타利他, 항심恒心, 금욕禁慾.

늘그막의 없는 듯 살아 내기 언약은,
하늘 향함은 아니라도 땅과 자연에의 도리쯤이다.
과분함을 경계하고 변하지 않는 마음으로 살기.
하나라도 줄 수 있는 이타와 지혜로 가기.
어리석고 사악한 세상에서 나를 지켜 가기.
물질계 지키시는 화엄 선각先覺의 가르침이다.

겪어 본 인심들 쓸쓸해 고독으로 돌아섰어도,
해書는 안 될 쉬운 철학으로 남은 날을 기약한다.
많은 것 넣어 갈 수 있는 배낭 속의 이타, 항심, 금욕.
돌아보니 내가 지켜야 할 길의 이정표도 된다.

9번 목숨 구한 이유가 이것이었나를 또 묻는다.

세 가지 원칙으로도 덜 부끄럽기는 된다.
살기 위해 조금씩 먹기는 고정된 습관習慣이 되어,
늘그막의 고요한 몸의 심사心事도 되었다.
행복도 평화도 내가 택한 자족自足에 있었고,
욕심慾心도 비우면 하늘의 보답은 반드시 있었다.
지금도 겪는 꿈 같은 몸의 온갖 기氣 치료들.

쉽고 즐겁게 청일靑日 호흡呼吸로 살아 내라는,
만족하기만 하면 늘 푸른 날이라는 가르침이다.
제비들, 접시꽃들, 동네 인심이 고마운 시골길.
길거리로 나가면 살가운 지인과 친절한 손님들.
알아낸 진실 공유로 서로 보듬고 지켜 낼 세상살이다.

2025年 6月 9日

3부 5백 년 만에 드리는 편지

○ 왜 매디슨 카운티의 다리를 부쳐야 했던가

해량海量을 바라는 변명

이 글은 2016년 8월 28일에 써서 등기로 보낸 81매의 편지입니다. 삼십 대 후반에 고의로 가출하고 이혼을 당한 후, 사십 대 중반에 고마운 말 한마디를 들었습니다. 그 말의 빚을 갚을 방법이 없던 차에, 그 말의 원인이 전생前生의 인연에서 온 것임을 알게 되었습니다. 알게 된 자의 도리로서 고마움을 갚고자 편지를 쓴 것이었지요.

하늘의 은혜와 기연奇緣으로 목숨을 자꾸 잇게 되었습니다. 이 편지에는 목숨을 구해 주신 은인과 주고받은 대화들도 조금 있습니다. 편지를 쓴 사실을 숨길 수 없어, 복사본 1부를 은인께 드렸습니다. 다 읽으신 은인께서는, '글에서 꾸미는 것이 없어졌고 솔직해졌다며, 이제부터는 좋아하는 글쓰기를 하며 살아라.' 하셨습니다. 은인께 선물도 받았습니다. 개명改名할 이름도 직접 작명해 주셨고, 은인의 또 다른 호呼도 양보해 선물로 주셨습니다. 청일靑日이라는 과분한 법호입니다.

이 편지 내용을 믿고 아니 믿고에 저는 관심이 없습니다. 믿음도 개인의 행업行業이기 때문입니다. 제가 몸으로 겪은 사실을 이해가 쉽도록 시간 순서로 썼을 뿐입니다. 제게는 최근까지도 저조차 믿기 어려운 불가사의한 일들, 불가항력의 보이지 않는 힘에 의해 아픈 신체의 기능이 고쳐지는 현상들이 있었습니다.

이 글의 진실 여부, 문장 하나하나와 선택한 낱말에도, 하나뿐인 제 목숨을 걸 수 있습니다. 몸으로 직접 겪은 보이지 않는 세상의 경험을 글로써 풀어냈을 뿐입니다. 지금도 존재하는 이름들과 상호는 ○○으로 바꿉니다. 개인의 프라이버시이기 때문입니다. 이 글을 통해 몰랐던 실상, 새로운 앎 하나라도 있기를 감히 바랍니다.

이 편지를 통해 꼭 전달하고 싶은 메시지는, 제일 뒷부분의 '혼魂과의 대화'에 있습니다. 마지막 임종 순간의 생각이 가장 중요하다는 것입니다. '임종 때의 마음이 다음생의 인연으로 이어졌다.'는 것과, 임종 시는 모든 집착과 욕망, 소망까지 놓고 비워야 한다는 가르침을 저는 얻었습니다. 질문까지 하나하나 메모하며 혼과 대화했고 적었습니다. 저도 많이 놀라기는 했지만, 인연에 대한 소중함과 경건한 존중의 계기가 되었습니다. 살아 내기 또한, 진심으로 쉬워지고 진지해질 수 있었습니다.

이 편지는 부치고 나서야, 타이틀과 부제가 바뀌었음을 알았습니다. 부쳤기에 고칠 수 없었지만, 예정에 없었던 책 출간을 빌미로 실수를 고백하며, 타이틀과 부제를 이제 바꿉니다.

2025年 3月 28日

프롤로그

저에게는 서른 분 정도의 님이 남아 있습니다. 출가하여 탁발을 해야 했던 시기에 만났고, 사는 모습과 행行이 아름다워 님으로 모셨던 분들입니다. 님들에게는 가끔씩 제 마음을 택배로 전달합니다만, 많이 부족하고 모자람은 있습니다. 그래도 잊지 않는다는 의미에서 님으로 삼았습니다. 그립고 만나고픈 님들입니다. 그분들에게 빚은 없습니다. 모자라지 않도록, 넉넉히는 갚아 왔으니까요. 그 님은 아니지만, 보살님을 줄여 님이라 칭하겠습니다.

님! 살아서 이런 편지를 쓸 줄은 몰랐습니다. 참으로 추웠던 세상 인심에 포기하고, 저도 완벽히 타인으로 돌아선, 그 많던 모든 도반道伴의 관계였습니다. 마음 깊이 담았었지만 지나쳤던 과거였기에, 아프고 고마워도 지나칠 수밖에 없었기에, '그냥, 살자. 침묵으로 기억만 하자.'고 저를 다독이며 살아 냈습니다.

어느덧 14년이 흘렀지만, 이렇게 글로 쓰게 될 줄은 몰랐습니다. 왜 《매디슨 카운티의 다리》라는 책과 DVD를 부쳤는지, 왜 5백 년 만에 드리는 편지인지, 그 사연을 이제 말씀드릴까 합니다.

세월을 건너뛰고 시간을 되돌려서 드릴 얘기들 중에서, 현생에서의 얘기들은 님도 다 아시는 사실만 돌아보겠습니다. 그리고 모르시는 얘기들은 제가 직접 봄으로 겪었던 것만 표현하겠습니다. 거짓 없이, 과장 없이, 꾸밈없이 글을 쓰고자 합니다. 지나간 과거의 얘기를 꺼내는 것이 혹여 진부하시더라도, 이해를 돕기 위함이고 진솔한 해명을 위해 돌아보는 것이니, 부디 혜량해 주실 것을 소망합니다. 또 진실해야 이야기의 실마리들이 풀리는 것이니, 또 부디 너그러우실 것도 소망합니다.

　저의 경험으로는 진실과 진심은 제 스스로를 부끄럽지 않게 했으며, 세월과 추억에 대해서, 세상과 사랑에 대해서, 타인과 길에 대해서 예의라 생각하기 때문입니다.

지키지 못한 약속

님! 14년의 세월을 거슬러 2002년 초를 돌아보겠습니다. ㅂㅎ기획에서 ㅂ사장님과 같이 님을 뵈었던 날. 님의 말씀, 가슴 먹먹하도록 감사했습니다. '저는 자격이 없다.'고 말씀드렸었지요. 돌아나와 망연히, 무작정 걸으며 많은 것을 생각했습니다. 조건과 과정, 관심과 현실, 기회와 슬픔들에 대한 상념들이 잔상으로 남았던 것을 기억합니다.

그 말씀은 설레도록 좋았었지만 거절했던 이유는 있었지요. 우선, 저의 형편이 어려웠습니다. 그 말씀 받아들여 준비한다 해도, 2~3년의 기간이 필요하다고 그날 밤 생각했었습니다. 또, 님이 주위에서 너무나 관심을 갖게 하는 대상이라 큰 부담이 되었었고요. 특히 스님들께서 가지실 관심의 정도, 불교대학 도반들의 기대 또한 큰 압박이었습니다. 며칠을 홀로 생각했고, 지난 세월의 돌아봄도 몇 번이나 있었지만, 그때의 선택은 어쩔 수 없는 최선이었다고 생각합니다. 지금도 다시 그 상황을 생각하면, 어쩔 수 없었던 시절인연이라 여깁니다.

4년 전쯤이었지요. 옷을 벗고 난 뒤, 저의 누님께 그 얘기를 꺼낸 적이 있었습니다. '엄마와 자기에게 연락하여 힘을 모아야 했다. 받았어야 했다.'는 조언은 들었습니다만, 지금도 그때의 선택을 후회하지 않습니다. 왜냐하면, 님의 입장에서 보았기 때문입니다. 주위의 시선과 관심에 실망을 드릴 수도 있다는 두려움이 컸었지요. 특히 님의 주위에는, 많은 스님들의 관심과 기대가 있었다고 여겼습니다. 큰 부담이 되었지요. 또한 철이 덜 든 시절이었기에, '그때의 연정戀情이나 결합의 강도가 상처 없이 제대로 유지될 수 있었을까?' 하는 염려도 있었습니다.

침묵으로 고이 간직만 했었지요. 그 이후로도 아주 가끔씩 님을 뵐 때마다, 이해할 수 없는 이상한 끌림이 있었음은 고백하지요. 그 이상했던 끌림은 마침내, 제 업業(카르마)과 인연의 끈이었음을 알게 되었습니다. 10년의 세월이 흐른 뒤에야, 엉켜진 인연의 실타래 끝을 잡을 수 있었습니다. 글 뒤로 가면서 밝혀 드리지요.

ㅂㅎ기획에서 님을 뵌 지 약 두 달 후, 2002년 3월 말쯤에, 저의 격한 인연은 시작되었습니다. 어느 분과 동행하다가, ○○구에 있던 선원과 ○○○가게를 방문하게 되었습니다. 자연스레 ○○○가게를 하던 여자와 인사도 하게 되었지요. 그때는 바둑 사이트의 배팅 뒤에 나오는 두더지 소리 재미에 빠져, 저녁마다 ㅂㅎ기획을 드나들 때였습니다.

평소 ㅂ사장님께서 농담 삼아 '아는 여자 있으면 소개 좀 해 봐라.' 하셨고, 저는 '신경 써 보겠습니다.' 하는 구두 약속을 해 두었던 터였습니다. 자연스레 ○○○가게와 인사한 얘기를 꺼냈고, ㅂ사장님께는 '서로 인사시켜 드리겠다.'고 약속을 했었지요. 그리고 제 고객들의 개업 인사 물건들을 사러, ○○○가게에서 두 차례 물건을 구입하기도 했었지요.

그해 초파일 저녁. 격한 인연인 줄 몰랐던 사단은 시작되었습니다. 초파일 오후, '저녁 무렵 ㄷㅎ사 입구에서 만나고 싶다.'는 ○○○가게 주인의 연락이 왔습니다. 저는 '초파일의 ㄷㅎ사'를 주제로 사진 촬영을 하고 있었지요. 만나서 야간 촬영을 계속했고, 노출 시간으로 찍는 촬영과 이미지컷들을 마무리했습니다.

자연스레 제 4륜 새차에 동승하여 대구로 나가고 있었습니다. 갑자기, '오늘 같이 있고 싶다.'는 대시가 들어왔습니다. 띵하더군요. '예. 그러면 식사하고 찜질방으로 가겠습니다.' 했지요. 운전하던 중, 갑작스레 훅 하고 화가 올라오더군요. 거칠게 차를 반대 방향으로 돌리며 말을 바꿨습니다. '찜질방 취소합니다. 모텔로 가겠습니다.'

가는 동안 팽팽한 침묵이 흘렀습니다. 그래서 함께 밤을 보냈습니다. 다음 날 오후, 제 거처를 묻는 전화가 왔길래 알려 줬더니, 잠시 후에 택시가 도착하더군요. 택시에 가득 실린 침장 세트들은 제가 옮겨야 했습니다.

며칠 후, ㅂㅎ기획 ㅂ사장님께 고백해야 했습니다. '약속을 못 지키게 됐다.'고 사과했습니다. ○○○가게를 하던 여자와 함께 ㅂㅎ기획에 들렀고, '사실은 여기 사장님께 소개시켜 드리려고 약속한 상태였다.'고 알려 주었습니다. 그렇게 격한 인연의 굴곡은 저도 모르는 가운데 출발하고 있었습니다.

첫 번째 구명지은求命之恩

저에게 찾아온 여러 기연奇緣들이 있습니다. 목숨과 관련해서는 4번의 구명지은이 있었습니다. 지금도 그 이유가 오리무중인 구명지은…… 그중에서도 2번의 구명지은은 이 글을 쓰면서 말씀드려야 할 것 같습니다.

2002년 8월. ㅈㅁ동의 하우스가 완공되었습니다. 함께 지낸 하룻밤 이후, 제가 하던 프로덕션은 갑자기 휴업할 수밖에 없었습니다. 도와 달라는 말에 하우스 공사를 감독해야 했고, 대구 가게 450평에 진열되었던 물건들을 두 번이나 옮겨야 했습니다. 이사는 당연히 제 몫인 줄 알았고, 가게 3군데와 농장까지 4곳으로 확대됐습니다. 제 사업자등록은 폐업 신고를 할 여유도 없었습니다.

열심히 움직였습니다. 이웃 동네 어르신들이 늘 가게 앞에서 쉬어 가시면서 얘기하시더군요. '대구의 돈 다 벌려고 하나. 제발 좀 쉬어 가면서 일해라. 그렇게 하다가는 일하다가 죽는다.' 저는 그 말을 이해하지도 못했습니다. 나중에 제 지인들과 친구들 간에는 이런 말들을 서로 주고받았다는 것도 알게 되었습니다. 'ㅅㅈ이는 희한한 여자 만나 머슴처럼 살고 있다.' 'ㅅㅈ이는 곧 죽는다.' 'ㅅ ㅈ이가 이상하게 변했다. 우리가 찾아가도 일만 한다.'

2006년 9월 8일 정오쯤. 어이없는(자세한 얘기를 드리기에는 적

나라하고, 원색적인 얘기라 생략합니다) ㅊㄷㅇ 여자의 전화를 받고는 저는 갑자기 죽어 버렸습니다. 심화心火였습니다. 하루 뒤 깨어날 수 있었고, 깨어나자마자 극심한 공포를 느꼈지요. '여기 있으면 죽는다. 지금 당장 나가자.'(여러 현상들과 보게 된 것들도 생략합니다.)

연락처들이 적힌 수첩과 제 인감도장 등을 찾다가 패물들을 발견하게 되었지요. 여자의 패물들에는 아는 스님의 법명이 선명히 새겨져 있었습니다. 그제야 의아해했던 지난 일들이 모두 이해되었습니다. 차를 몰고 황급히 ㅊㄷㅇ을 떠났습니다.

잠시 시간을 뒤로 돌려야 합니다. 2005년 여름부터 수련과 연꽃들을 사기 위해 저를 찾아온 스님이 계셨습니다. 저는 지금도 2005년을 명확히 기억하지 못합니다. 저의 기억에 있는 것은 그 스님께서, 2006년 초파일 한 달 전쯤에 농장으로 수련을 사러 오신 것을 첫 대면으로 여길 뿐입니다. 여느 때는 절식구 모두를 데리고 오시기도 했지요.

저는 3번째 오시면 대개 단골손님으로 삼았고, 단골손님으로 대우해 드리고는 했습니다. 단골손님 대우는 도매가격으로 드리거나, 제게 물량이 많으면 그냥 분양해 드리는 것이었습니다. 당연히 그 스님께는 단골 대우를 해 드렸고, 몇 번의 요청 뒤에야 그분의 절을 방문한 적이 있었습니다. 참으로 많은 과정이 있었으나 간단하게, 대강 넘어가겠습니다.

ㅊㄷㅇ을 급히 떠난 저는, 저를 찾아 더러 오시던 두 분의 조계종 스님을 찾아가, 얼마간 머물겠다는 뜻을 차례로 청했습니다. '절에 있는 동안 한 달에 얼마를 드리고, 있는 동안 어떻게 하겠다.'는 말도 빠트리지 않았습니다. 빈방들이 많은 곳이었기에 청할 수 있었지요. 그러나 일언지하에 거부당해야 했습니다. 속으로는 참으로 실망했지만, 도리가 없었습니다. 실망의 이유는 그분들의 모든 부탁을 저는 한 번도 거절한 적이 없음에 있었습니다.

할 수 없이, 2005년부터 수련과 연을 꾸준히 사 가신 스님을 찾아가게 되었고, 그분은 조건 없이 허락하셨지요. 그래서 그분의 절에 가서 머물게 되었습니다. 들도 보도 못한 경험들이 시작되었습니다. 저는 빙의憑依가 되어 있었습니다. 처음 경험해 보는 구병시식救病施食과 각종 퇴마退魔의 과정이 저에게 행해졌습니다. 그렇게 알게 된 사실들……. 제 입으로 담아서는 안 될 추한 얘기들이기에 생략하겠습니다.

다만, 수련과 연을 꾸준히 구입하신 그분이 과거생(전전생前前生)에 저의 스승이셨다는 것. 그래서 그분이 빙의로 죽어 가는 제자를 살리려고, 2005년 여름부터 꾸준히 오셨다는 것이었습니다.

그리고 구병시식의 놀라운 경험 뒤에 빙의의 범인도 알게 되었습니다. 기가 막혔습니다. 제가 가장 많이 신경 썼고, 가장 많이 도움을 드렸고, 그분의 부탁을 한 번도 거절한 적이 없었지만, 얼마간 절에 머무를 것을 요청한 것에 대해 일언지하에 거절했던 조계종 스님의 혼魂이었습니다. 그때부터 저는 기억을 되살리며, 저에게 일어난 일들을 적기 시작했습니다. 잊어버리기 전에 메모라도 해 두자는 생각이었습니다.

빙의의 증상은 크게 세 가지였습니다. 쉬지 않고 일을 하게 만들었고, 먹는 것을 건너뛰거나 소홀하게 하는 것, 밤마다 섹스에 몰입하게 하는 것이었지요.

몇 달 후, 저를 빙의시킨 그 스님은 갑자기 절명했습니다. 그 스님의 혼이 행했던 결과로 나타난 인과응보였지요. 저는 과정을 알고 있었고, 법명法名을 밝히지는 못합니다. 님께서도 너무나 잘 아시는 분이었으니까요.

출가의 이유

2006년 10월부터 경북 고령의 폐교된 학교에 임시 거처를 마련하고, 꽁지머리도 그대로인 채, 하루 천 배와 참선, 경전 암송이 시작되었습니다. 지금의 저 자신도 믿지 못할 경험들을 하게 되었지요.

모든 창문과 문을 닫고 촛불 하나 켜서 화두참선話頭參禪에 들어가면, 곧바로 삼매三昧에 들어갈 수 있었습니다. 시간을 잊어버리는 것이었지요. 시간이 빠른 속도로 건너뛴다는 느낌. 낮에 시작했는데 가부좌를 풀고 둘러보면, 해가 지기 직전이나 해가 진 후이기도 했습니다.

마음이 흔들리면 촛불도 심하게 흔들리던 경험. 그래서 경을 속으로 외우면, 흔들림 없이 다시 서던 촛불의 불꽃. 경전이나 한자 사전을 들여다보면, 페이지 전체나 한자 풀이가 인당혈印堂穴에 도장처럼 찍히듯 하던 자극. 그리고 외우거나 떠올리면, 눈앞에 보이는 듯하던 페이지와 글자들.

법성게法性偈 외우는 데 서너 시간이 걸렸고, 화엄경 약찬게를 외우는 데는 하루도 걸리지 않았습니다. 천수경 외우기도 3일 정도에 끝났고, 어려운 발음이라 읽어 내리기에도 쉽지 않던 대불정 능엄신주 외우기도 100일 전에 끝냈습니다.

추운 어느 날, 대구의 절에서 전화가 왔었지요. '출가하겠느냐?' 고 물으시는 전화였습니다. 그때부터 고민이 시작되었습니다. '내가 출가의 생각이 있었는가? 없었다. 왜 나에게 나도 믿지 못할 이런 일들이 계속 일어났지? 메모는 해 두고 있지만, 이 일들을 사람들이 믿을까? 어떻게 해야 하지? 세상에 내가 겪은 걸 알리고 싶은데……. 출가하지 않는다면, 내가 겪은 일들을 어떻게 알릴까? 출가해서 책을 쓰면 이 일들을 믿어 줄까?'

생각은 끊임없이 이어졌습니다. 먹는 것조차 잊어버린 고민이 3일간 이어졌습니다. '세상에 알려야 한다. 죽음을 넘긴 과정도. 내가 새롭게 알게 된 사실도. 그래, 책을 쓰자.'

3일 후 전화를 드렸지요.

"출가하겠습니다."

"오냐, 좋다. 사람을 보내마."

대구에 도착하고서야 2006년 동짓날이라는 걸 알았습니다. 삭발하기 전에 말씀을 드려야 했습니다.

"저는 제가 겪은 일이나 현상들을 하나하나 일일이 메모를 하고 있습니다. 도무지 믿을 수도 없고, 메모를 안 하자니 잊어버릴 것 같아서 그리했습니다. 책으로 써야겠다는 결론에 도달했습니다. 출가하게 되면 책을 쓰는 것, 허락해 주실 수 있습니까?"

"그래, 허락한다. 네가 겪은 일을 알리고 싶은 것은 너의 자유에 속하니까, 내가 간섭할 이유가 없지. 출가의 이유가 책을 쓰는 것인가?"

“예. 고민만 하느라 다른 이유는 생각해 보지도 못했습니다.”

“허락한다.”

출가한 이유는 단 하나. 제가 겪은 일들을 세상에 알리고 싶었기 때문이었고, 그 신뢰성에서 그래도 유리한 스님의 신분이라는 것을 택했습니다. 출가하고는, 또 놀라운 얘기를 듣게 되었지요.

“결국, 출가 결정은 네가 했다. 네가 출가하지 않았으면, 너의 목숨을 살릴 수 없었다. 출가했기에 가능했다.”

스승님의 말씀이었습니다. 두 번째 죽음은 저의 선택으로 넘었지만, 제가 피하려는 생각도 없이 넘길 수 있었던 죽음의 고비였습니다.

소름 끼치던 공부들

밤마다 모든 절집 식구들이 모인 가운데, 듣도 보도 못한 공부는 시작되었지요. 칭찬도 들었습니다. 첫 칭찬이었기에, 지금도 새록새록 기억합니다.

"너는 농장 일을 하면서 큰 공부를 했다. 행선行禪이었다. 일삼매였고. 너의 지난 과거를 돌아보거라. 너에게는 너의 시간을 도둑질해 간 존재들이 참으로 많았다. 그 시간들의 과보果報들도 하나하나, 모두 되돌려받을 것이다……. 너는 출가하기 전에 큰 공부를 하나 이루었다. 무엇이라 생각하느냐?"

"모르겠습니다."

"너의 과거와 너의 생활에서는, 늘 네가 없었다. 그것이 힌트다."

잠시 생각해 보았지요. 뜨거운 여름날, 농장에서 스친 생각이 떠올랐습니다. 아이에 대한 그리움이 주었던 상념이었지요. '나는 이렇게 나무들을 심었고 풀을 베고 있는데, 아이는 무엇을 할까. 누구에게 이 소식을 전할 수 있는가. 누구에게 아무 말을 전할 수도 없다. 그러면, 나는 무엇인가. 여기서, 이렇게 일하다 쓰러진다면……. 아, 나는 없는 것이구나. 죽어서 이 현실에서 갑자기 사라지는 것과 같이. 아…… 몸은 지금 살아 있어도, 나는 세상에 없는 것과 다름이 없구나…….'

힌트가 '늘 내가 없었다.'였으니, 단어 하나가 떠올랐습니다. 제가 조심스레 답변했습니다.

"혹시, 무아無我입니까?"

"그래, 맞다. 무아였다. 너는 무아를 이루었었다."

"……."

"너는 이제 공부해 보거라. 네가 이룬 것은 무아의 행行이었고, 그게 공功을 이루었다."

"……."

"잘 듣거라. 5무행五無行이 있다. 맨 먼저 무아행이 있고, 모양에 취하지 않는 무상행無像行이 있다. 내가 옳고 바르다는 것을 주장하지 않는 무법행無法行이 있고, 내가 이룬 것이 없다는 것을 알아야 하는 무공행無功行이 있다. 또, 나 자신의 행을 남에게 보이지 않아야 하는 무행행無行行이 있다. 앞으로, 이 다섯 가지 공부만 제대로 해도 큰스님 소리 들을 것이니, 제대로 공부해 보거라."

저도 불교대학을 거치고 포교사 시험을 통과하면서, 불교 서적을 제법 봤던 편이라고 생각했었는데, 듣지도 보지도 못한 공부가 100일간 계속되었습니다. 여러 마장魔障들도 많이 겪었습니다. 지금 돌아보아도, 절을 나오기 전까지 만 5년을, 날마다 소름이 끼치던 공부, 듣지도 보지도 못한 가르침이 이어졌던 세월이었습니다.

알게 된 출가업出家業

출가한다고는 평소에 생각하지도 않았기에, 출가를 하고 보니 보이지 않는 출가의 이유들을 찾게 됐습니다. '살아오면서 내가 무엇을 잘못했나? 내가 무엇을 잘못했기에 이토록 큰 두 번의 배신에, 격한 인연의 거친 파도 위에 얹힌 돛단배처럼, 달리는 호랑이 등에 탄 격이 되었는가? 가도 가도 끝이 보이지 않을 이 엄연한 수행의 길에, 돌아갈 수도 없고, 삐끗하면 낭떠러지로 떨어지는 이 외길 위에 서게 되었는가……'를 생각할 수밖에 없었습니다.

원인은 찾아졌습니다. 어느 작은 하나도 빠트리지 않는 하늘의 그물, 천라지망天羅地網에 저는 걸려 있었습니다. '경쟁도 공정해야 한다.'는 법계(삼라만상, 삼천대천세계 전부를 일컬어 법계法界라 합니다)의 원칙을 제가 깨트렸던 것이었지요. 사연은 이러합니다.

저는 계명대 신문방송학과를 입학비사장학생으로 졸업한 뒤, 직장 생활을 시작했습니다. 신방과 후배들이 참 많이도 찾아왔었지요. 졸업한 지 7~8년이 지나도 처음 보는 얼굴들이 찾아오곤 했습니다. '어떻게 찾아왔느냐?'고 물으면, '교수님들이 가 보라.' 하셨다고. '수업 시간에 더러 제 얘기를 한다.'고. '교수님들이 꼭 저를 만나 보고 가라 했다.'면서, 서울 방송사들에 취업한 후배들도 대구의 볼품 없는 저를 찾아왔습니다.

그러다 보니 자연스레 취업의 부탁들이 있었고, 대학원 졸업생 두 명과 대학 졸업생 두 명을 제가 취업시킬 수 있었지요. TBC 방송국과 방송 관련 제작업체, 광고업체들이었습니다. 가능성이 있고 자질이 있어 보이면, 서류를 준비하도록 시켰지요. 그다음이 문제였습니다. 직접 동행해서 대표이사나 책임자를 만났고, 친분과 압력(?)으로 취업을 성사시킨 것입니다.

그러나 그것은, 법계의 질서를 깨트린 일이었습니다. 경쟁이어야 함에도 경쟁하게 하지 못한 저의 행위. 다른 취업 준비생들에게는 지탄받을 행위였던 것이지요. 비록 '남을 도와준다.'고 했던 행동이었지만 보이지 않는 세계에도 행업이 적용되어, 그 업業을 받게 된 것이었습니다.

그래서 저는, 환속 후 만난 아들에게 이유는 설명하지 않고, '친구나 후배들의 취업에 끼어들지 마라. 부득이한 경우에는 추천만 하라.'고 당부할 수밖에 없었습니다.

글쓰기와 탁발

책 쓰기의 허락을 받고 나서 노트북을 구했고, 입력하기 시작했습니다. 글쓰기 전에는 늘 감정을 조절해야 했기에, 《매디슨 카운티의 다리》 DVD를 구했습니다. 노트북으로 조금씩 보며, 글을 쓰기 위한 감정을 조절했던 것이지요. '목숨 걸고 쓴다. 그래야 아이를 볼 수 있다.'를 A4용지에 쓰고는 벽에 붙였습니다.

카테고리들의 소제목들을 정해 두고, 책의 가제목도 '누군가를 위해 사는 것은 아름답다'로 정해 두었습니다. 몇 개의 카테고리들을 써 내려갔습니다. '3백 쪽 분량의 책을 기준으로 두 권쯤은 되겠구나.' 하는 짐작도 할 수 있었습니다.

그러다가 절에 쌀이 떨어진 것을 보았습니다. 탁발에 나섰습니다. 탁발을 못 나가게 완강히 말리시는 스승님께, 저는 '가만히 있을 수 없다.'며 고집을 부렸습니다. 낮에는 만행을 구실 삼아 탁발을 다녔고, 밤에는 글쓰기에 몰입했습니다. 목숨을 걸고 쓰기 시작했습니다.

낯선 상가에 탁발하러 가면, 목탁을 두드리며 반야심경이나 법성게 1독을 하곤 했습니다. 거절 후에 제가 나오면, 제가 보고 있는 것에 아랑곳하지 않고, 재수 없다.며 소금을 뿌리는 일도 경험했지요. 쉽지 않았습니다. 시주하기를 권하는 것이니, 이왕이면 효율성을 높이자 생각했습니다. 정처 없는 탁발하기에서 나아가, 지인이 사는 곳이 가까우면 찾아갔습니다. 고교 동문들도 찾아가기 시작했습니다.

　모르는 곳과 아는 곳의 탁발 결과는 많이 달랐습니다. 모르는 곳도 거치며 회사의 대표들이나 정치인, 공무원이나 병원의 원장, 자치단체의 기관장들까지 접촉 범위를 넓혀 갔습니다. 시주보다는 더 큰 목적, '고민이 있으면 찾아오라.'는 것이었지만, 세인들은 작은 돈만 보며, 돈만 따지기 시작했습니다. 시주하기 싫어 사전 약속도 피하던 후배들도 있었습니다. 시주 한 번 하지 않던 인간들의 구업口業도 생기기 시작했습니다.
　비난의 말들, 없던 말들이 만들어진 것이었지요. 찾아와서 아픈 곳을 낫게 하거나, 큰 고민을 해결하라는 제 말은 없어져 버렸습니다. 저는 탁발의 효율성을 염두에 두었지만, 세인들은 입으로 없는 말을 만드는 업을 짓고 있었습니다. 본말전도였지만 결국, 저의 탁발은 스승님과 절집의 명예에 큰 누가 되는 결과를 낳았습니다.

환속의 이유

2009년 가을 무렵. 저의 머리를 스승님은 열어 주셨고, 상대의 전생前生이나 업장 등을 보게 되었습니다. 그해 겨울부터, 저는 절 바깥으로 나가지 못하는 '외출 금지'와 '묵언默言'의 명命을 받았습니다. 스승님을 조금도 원망하지 않았습니다. 저의 큰 잘못을 뒤늦게나마 알게 되었으니까요.

상황도 더욱 어려워졌습니다. '글쓰기 중지'가 떨어졌습니다. 저에게는 가장 큰 형벌이었습니다. 매일 밤 8시나 9시쯤부터 절집 식구 모두가 참여하는, 저에 대한 '대중공사'가 시작되었지요.

죄인이 된 저는 중간에 앉고, 모든 절집 식구가 돌아가며 저를 질책하고 야단치는 형식이었습니다. 저는 누구에게나 무조건 '잘못했습니다.'로 답변해야 했습니다. 자존심까지도 쓰레기가 되어야 했습니다. 말로만 들어 봤던 인민재판 같았습니다. 매일 밤이었고, 일찍 끝나면 새벽 1~2시, 늦으면 새벽 4~5시까지 대중공사는 반복되었습니다. 1년이 넘도록 대중공사가 이어졌으니, 절집 식구 모두에게는 너무나 하기 싫고 힘겨운 하루의 마지막 일과가 되어 있었습니다.

저는 죄인이었기에 견딜 수 있었지만, '절집 식구들께 민폐가 된다.'는 죄의식은 급기야 저를 막다른 골목으로 내몰았습니다. 스스로 생을 마감할 생각도 했습니다. 그것은 또, 절집에 큰 민폐라는 생각이 들었습니다. '더 이상 민폐를 끼칠 수는 없다. 가다가 죽더라도, 이제는 나가서 죽자.'고 결심을 굳혔습니다.

외출과 출타들로 절이 비게 되면, 저는 정리를 시작했습니다. 17세 때부터 29세까지 써 두었던 시詩들과 잡문들이 대학노트 4권으로 남아 있었습니다. '어떤 가식이나 꾸밈과도 이별한다.'는 각오였습니다. '태우지 마라.'고 당부하신 스승님의 말씀도 어기며 대학노트 4권을 태웠습니다. 절집에 들어온 후, 날마다 겪은 일을 메모했던 수첩들도 태웠습니다.

절을 나오기 전까지 기억에 남아 있는, 어린 시절부터 지나온 세월까지의 과오들을 일주일간 하나하나 점검했습니다. 그래서 절을 나가면, 만나서 사과해야 할 인연들을 체크했습니다. 쓰다가 1년이 넘도록 중단된 노트북은 지그시 바라보기만 했습니다. 나갈 준비는 끝나 있었습니다.

모든 절집 식구들이 모여 있던 어느 저녁. 저의 심중을 아셨는지 스승님이 친근하게 말씀을 건네셨습니다.

"니가 쓰던 글은 노트북에 있나?"

"예."

"가져와 봐라."

"예."

저는 노트북을 가져왔고, 보실 수 있게 켰습니다.

"얼마나 썼나?"

"책으로 약 150쪽 됩니다."

"그래. 내가 허락했으니 너는 썼다. 자, 이제 생각해 보자. 니가 글을 쓰고 책까지 냈다 치자. 그 얘기들을 세상 사람들은 믿지도 않겠지만, 믿는 사람들은 누구를 찾아올까?"

순간, 저의 머리는 시멘트벽에 심하게 부딪친 듯했습니다. 잠시, 정적이 흘렀습니다.

"스승님입니다."

"그래. 니가 쓴 책 때문에 나는 피해야겠제. 내가 왜 니가 쓴 책 때문에 피해야 하노? 내가 왜 자유를 뺏겨야 하노? 왜 니 때문에 내가 간섭받아야 하노?"

"아……."

"이제, 정신이 드나?"

"예, 잘못했습니다. 정말 잘못했습니다. 제가 생각이 짧았습니다."

"그래? 알면 됐다. 이제 이 글들, 우짤래?"

"지워야겠습니다."

"니가 지울래?"

"그래도 목숨 걸고 쓴다며 싸웠던 글입니다. 제가 차마 지우기는 뭣하니, 스승님께 부탁드려도 되겠습니까?"

"그래. 내가 지워 주마. 조금만 읽어 보고……."

“감사합니다. 몰랐습니다. 정말 많이, 죄송합니다.”

그렇게 제가 쓰던 글들은 사라졌고, 절을 나가는 것도 해를 넘기지 말아야겠다고 작정했습니다. 2011년 1월 31일. 구정을 이틀 앞두고 스승님을 찾아뵈었습니다. 너무나 죄송해서 무릎부터 꿇었습니다.

“지난 세월, 너무나 감사드립니다. 가장 죄송했던 것은, 오랫동안 절집 식구들께 끼친 민폐입니다. 이제 죽어도 나가서 죽겠습니다. 절을 나가겠습니다.”

“그래? ……야들아, 이놈 나간단다. 차비하고 여비 좀 챙겨 줘라.”

주저 없이, 기다렸다는 듯이 쉽게 나온 스승님의 분부였습니다. 저는 그렇게 옷을 갈아입고 절을 떠났지요. 갈 데는 없었고, 구정 연휴까지 모텔에서 보내다가 ‘노가다유랑’을 떠났습니다. 처음 경험해야 했던 노가다. 많은 것을 느낄 수 있었던 인간 시장이었고, 새로운 것을 배울 수 있었던 현장들이었습니다. ‘나는 죄인이다. 오늘이나 내일, 언제 죽어도 괜찮은 죄인이다.’만을 머리에 담았습니다. 노가다로 얼굴이 일그러지고 통통 부어도, 죄인이라며 묵묵히 버텨야 했습니다.

재창업과 좌절

약 1년간의 노가다 생활을 접고, 2011년 12월에 재창업을 했습니다. 같이 동업할 후배를 소개받았고, 이미 약속된 일정이었습니다. 폐업 신고를 하지 못했던 프로덕션 사업자등록이었기에, 2002년부터 밀린 세금들을 내고, 대구MBC 근처 오피스텔을 단장했습니다. 동업할 후배는 신문사 기획실장을 거쳤고, 6공화국의 황태자로 알려진 정치인을 지역구 사무국장으로 10년간 보좌한 후배였습니다.

2012년 4월 총선에서 ㅇㄴ일보와 계약한 예비후보들의 모든 인쇄물과 선거 차량을 제공하는 용역 서비스였습니다. 대구·경북 17개 선거구에서, 선거구당 1명씩의 후보자 용역만 맡기로 했고, 후보자 1인의 계약금액은 약 7~8천만 원이었지요. 17개 선거구의 계약 규모는 최소 10억 정도였고, ㅇㄴ일보에는 계약금액의 20%를 지불하기로 계약서까지 썼습니다. 20%에는 계약한 예비후보들을 ㅇㄴ일보에서, 꼭 한 차례 이상 박스기사로 보도해 준다는 조건이 명시되었습니다.

다른 카피라이터들도 투입하기로 결정하고, 후배는 언론사와의 접촉 창구를 담당했습니다. 저는 후보자들의 현수막 타이틀과 선거공보물의 글을 쓰며, 후보자늘을 만나는 일을 딤딩하게 되었지요. 후배와 저는 이익금 각 50%로 구두 약속을 했기에, 4개월 정도만 열심히 하면 서로 3억 이상을 나눌 수 있는 예측이 가능했습니다. 후배와 저 사이에는 서로 계약서만 쓰면 되는 상황이었습니다. 경북 지역을 몇 차례 다니며 저는 예비후보자들을 만났고, 밤에는 카피와 공보물 쓰기에 열중할 수 있었지요.

처음으로 절에 전화를 했습니다. 재창업 소식을 알려 드렸지요. 물으시는 질문에 거침없이 답변할 수 있었고, 스승님은 참으로 좋아하셨습니다. 선거 끝나고 찾아뵙겠다며 전화를 끊을 수 있었습니다.

며칠 후의 밤이었지요. 사전 연락도 없이 사무실로, 스승님이 갑자기 찾아오셨습니다. 홀로 택시를 타고 오셨다며 사무실을 둘러보시더니, 고개를 끄덕이며 하시는 말씀이 있었습니다.

"니 혼자 있나? 같이 한다던 후배는?"

"퇴근했습니다."

"니하고 같이한다는 그놈, 업장이 참 많은 놈이다. 그놈이 너를 배신한다. 우짤래?"

"……."

순간, 움직이던 제 몸이 정지되고 숨쉬기도 멈춰졌습니다. 말씀에 짓눌리며, 저는 안색이 하얗게 변할 수밖에 없었습니다. 묵묵부답, 제 입도 막혀 버렸습니다.

"이 집기들과 그간의 비용들, 누구 돈이 들었노?"

"모든 비용, 제가 마련했습니다."

"그놈이 너를 배신한다. 우짤래?"

"……."

침묵을 떨치고 답을 해야 했습니다.

"저는 오래 이 업계를 떠나 있었고, 그래서 저는 달리 방법이 없습니다. 배신해도 죽일 수는 없지 않습니까? 저는 참을 수밖에 없다고 생각합니다."

"그래, 참으면 된다. 세상사, 참으면 된다. 참고 이겨 내거라."

"예……."

"나, 이제 갈란다. 오늘 내가 해 준 말, 공짜가 안 된다. 차비 다오."

"얼마 드리면 되겠습니까?"

"택시비 5천 원만 다오."

건물 앞까지 따라 나갔지요. 세찬 겨울바람에 택시 타러 가시는 뒷모습에 깊이 인사드릴 수만 있었습니다. 저도 카피를 하던 것을 더 이상 할 수 없었습니다. 다음 날부터 후보자들을 만나러 나가지도 않고, 책상에 앉아 망연히 있었을 뿐, 입도 뻥긋하지 않았습니다. 밥을 해 먹고 있었기에 부엌칼이 자꾸 떠올랐고, 시선이 자꾸 칼로 쏠리고 있었습니다.

그리고 3일 뒤, 마침내 후배가 말을 꺼내더군요.

"선배님, 죄송합니다. 선배님과는 5:5로 계약을 못 하겠습니다. 월급으로 하면 안 되겠습니까?"

미리 알고 있었기에, 잠시 가만히 있었습니다. 그러고는 눈을 똑바로 쳐다보며 말했습니다.

"월급? 약속은 어디 가고 월급이라…… 참 기가 막힌다. 어이, 그러면 월급으로 얼마를 줄 건데?"

"카피라이터들에게는 3백이고, 형님은 5백 정도로 생각합니다."

"나라는 놈은 너에게 그것밖에 안 됐구나. 나는 하나를 양보하여, 6:4로 생각하고 있었다. 내가 지금 너를 어떻게 할 수도 있을 것 같으니까…… 지금 당장, 나가라. 이제 다시는, 너를 안 본다."

저의 눈빛이 심상치 않았는지, 후배는 허겁지겁 나갔습니다. 재창업한 지 30여 일 만에 쫓아내고 말았지만, 1년간 고생하며 준비했던 것들이 허사가 되고 말았습니다. 인간, 인간, 인간…… 사람과 사람 사이에 있는 인간! 인간에 대한 상념은 밤도 새우며 새벽까지 이어졌습니다. 그때부터 인간과 사람을 철저히 구분하게 되었지요.

홀로 두 달을 버티다가 세무서와 구청에 폐업 신고를 했지요. 다시 빈손으로 노가다유랑을 떠나야 했습니다.

찾아온 님의 혼魂

'나는 죄인이다. 절집에 누만 끼친 죄인이다…….' 매일매일의 자책에 살아갈 의욕을 잃어 갔습니다. 그래도 극단적인 선택은 아직 할 수 없었습니다. 살고 죽음의 결정은, 저에게 일어난 격한 소용돌이의 원인들을 알고 난 뒤의 일이었습니다.

알고 싶었습니다. 옷을 벗기 전에는 볼 수 있었습니다. 절을 나온 이후에는, 본다는 생각조차 하지 않았습니다. 볼 자격이 없는 죄인이라 여겼기 때문이었지요. 노가다를 하면서도 알고 싶었습니다. 죽기 전에 알고 싶다는 마음이 새로이 강렬하게 생겼습니다. 예전에 했던 것처럼 집중했습니다. 볼 수 있는지 확인했습니다. 볼 수 있었습니다. 스승님께 감사하다며, 염치없음을 용서하시라 속으로 기원했습니다.

우선, 아이의 엄마부터 보았습니다. 전생前生의 인연이었고, 제가 잘못한 것이 없었습니다. 오히려 저에게 갚아야 할 부채가 제법 많았지요. ㅊㄷㅇ 여자도 보았습니다. 전전생前前生의 인연이었고, 그녀는 참으로 많은 빚을 저에게 졌다는 것도 알았습니다. 간단히 보기만 했습니다. 그들 모두 저에게 진 빚을 갚아야 했음에도, 악연惡緣으로 마무리한 결과를 보고 가소롭기까지 하더군요.

가증스럽기도 했고, 측은하기도 했습니다. 현실의 바보는 저였지만, 수년간 잠재되었던 저의 울분과 심화心火는 너무나 쉽게 사그라들었습니다. 그다음에 제가 할 수 있는 것이라고는, 철저히 잊어 주는 것이었습니다. 참으로 쉬운 잊음과 이별이더군요.

여기서 님께 하나 물어보고 싶은 게 있습니다. 속인 사람이 잘못된 것입니까, 속임을 당한 사람이 잘못된 것입니까. 물론 제게도, 속임을 당한 어리석음에 대한 깊고 깊은 후회는 있습니다. 잃는 것이 있다면 얻는 것이 있지요. 저는 현실에서의 물질과 인연들은 잃었지만, 목숨을 구해 주시고 가르침을 주신 스승님과의 인연을 얻었습니다. 그것은 무엇과도 비교할 수 없는 가치, 얻음에서는 하늘과 땅 이상의 차이였습니다.

그리고, 살면서 우연히 만나게 되었던 인연들까지, 저와의 전생 관계를 들여다보았습니다. 초점은 '과거생에 내가 무엇을, 어떤 잘못들을 하였는가?'에 있었지요. 제일 마지막으로, 님과의 전생 관계를 살폈습니다. 그 동기는, '내가 왜 2002년 초 ㅂㅎ기획에서, 그분으로부터 그런 말을 들어야 했는가?'에 있었습니다. 참으로 면밀히, 가장 자세하고, 제일 오래, 님과의 전생을 살펴보았습니다. 혹시나로 시작했지만, 역시나였습니다. 저도 놀랄 수밖에 없었습니다.

그때까지 살펴본 결과, 살면서 만났던 지인들과 인연들은 우연의 모양으로 포장된 필연이었습니다. 그리고 이번생에서, 저의 과거생의 모든 인연들을 다 만나 왔었다는 놀라운 사실도 알게 되었습니다. 소름이 확 끼쳐 오더군요. 그 소름은 제법 오래 지속되었고, 몸이 싸늘해지기까지 했습니다. 그리고 또한, 지극히 경건해지기까지 했습니다.

지금은 카톡으로 드린 메시지들과 님의 전화번호까지 지웠기에 정확한 날짜는 모릅니다만, 님의 혼이 처음 저를 찾아온 때를 2013년 여름으로 기억합니다. 무더웠고, 울주군의 어느 조선소에서 가장 더운 옷을 입어야 했기에 또렷이 기억합니다. 용접 부분을 깔끔하게 하는 그라인딩 작업을 마치고 홀로 바다를 바라보며, 블록 밑에서 땀을 식히고 있었지요. 처음에는 님의 혼이 오신 것에 의아해했습니다. 그래서 확인하고 또 확인했습니다.

'육체를 좀 만나 달라……' 하시더군요. '몰골 부끄럽고 죄인이니, 찾아오지 마시라.'며 강하게 거부했습니다. '다 알고 있다.'며 님의 혼도 강하게 주장하시더군요. 저는 대화도 거부하며 이동해 버렸습니다. '혹시, 아시나?' 하는 의구심은 있었습니다.

제가 알게 된 님과의 전생 관계도 있고 하여, 2~3일을 고민하다가 카톡으로 시詩를 하나 보냈었지요. 아마도 '뭐 이런 실없는 사람이 있나?' 하셨을지는 모르겠습니다. 제가 많이 좋아한 시가 되었고, 그때의 감정을 조금이라도 건지고 싶어 다시 적어 봅니다.

매디슨 카운티의 다리

이근배

한세상 살다가
모두 버리고 가는 날
내게도 쓰던 것
주고 갈 사람 있을까

〈생략〉

님! 왜 《매디슨 카운티의 다리》를 보냈을까요? 저는 그 책과 영화에서, 사랑이라는 것에 대해 배운 바가 많았기 때문입니다. 늦게나마 알게 된 님과의 전생에서, '아, 그렇구나. 그리된 것이구나. 충분히 그럴 수도 있는 것이구나.'를 절실히 느꼈기 때문입니다. 빈틈없는 인연의 족적과 그 과보에서, 말 한마디 행동 하나에도 조심하고 있었지요.

부부 사이가 좋은 지인들의 전생에서도, 저와 비슷한 사연이 존재했었다는 것을 더러 보게 되었습니다. 많은 것들에 대해 소홀하고, 쓸데없이 소모하는 세상의 많은 감정 낭비들을 보면서, 사랑의 방식을 철저히 고쳐 나가야 한다는 것을 배웠습니다.

영화를 잠깐 추억할까요. 1995년 9월, 추석 개봉 영화로 대구 아카데미극장에서 상영되었지요. 저는 홀로 며칠에 걸쳐, 그 극장에서만 3번을 보았습니다. 참 많이, 울었습니다. 많이 성숙해질 수 있었고, 과정에서의 완벽성을 위한 돌아봄, 돌아봄의 방식 또한 배울 수 있었습니다. 아파도 태워야 했고, 인간성에 대한 쓸쓸함도 스스로 태워야 했던 지난날이었지만, 가슴 한편에 다치지 않도록 저장하는 방법도 배울 수 있었습니다.

다시 밝혀진 환속 이유

2013년 가을 무렵에, 문득 걸려온 전화를 받아야 했습니다. '언제 한 번 절에 다녀갈 수 있느냐?'는 전갈이었지요. 약속한 날짜에 절에 도착하니, 20인에 가까운 분들이 모여 있었습니다. 유발제자들도 조금 늘어나 있는 듯했습니다.

모두가 모인 자리. 세무사 직업을 갖고 있던 가장 나이 많은 유발상좌에게, 스승님이 이런 말씀을 하시더군요.

"내가 왜 야를 그토록 구박하여 옷을 벗도록 만들었는지, 니가 말해 줘라."

"……,"

저는 귀를 쫑긋 세울 수밖에 없었습니다. 세무사 유발상좌가 입을 열었습니다.

"이제 옷을 벗으셨으니, 처사님이라 하겠습니다. 큰스님께서는 처사님의 목숨을 건지시려고, 그렇게 하셨습니다. 옷을 벗지 않으면, 몸이 죽게 되어 있었습니다. 떠나셨던 그날 밤, 저희들은 들어서 알고 있었지만, 이제 말씀드립니다."

정적이 제법 흘렀습니다. 옷을 벗은 지 2년 8개월 만에, 깊었던 이유를 비로소 알게 되었지요. 제 눈엔 눈물이 그렁그렁 맺혀 있었습니다.

다시 저는 노가다유랑에 나섰습니다. 어느 누구를 만날 수도 없는 죄인이었고, 외톨이였습니다. 제가 무슨 죄를 지었을까요? 왜 옷을 벗지 않으면, 육체가 죽게 될 죄를 지었을까요? 유랑을 다시 떠나고 나서야 확인할 수 있었습니다. 알아낼 수 있었습니다. 육체가 지은 죄는 아니었습니다. 저의 혼魂과 영靈이 지은 죄였습니다. 그때까지 3번, 구명지은의 은혜를 저버리고, 제가 가장 비겁하다고 여기는 죄, 배은망덕의 죄였습니다.

살아오면서 가장 많이 좋아했고, 가장 많이 생각했던 낱말은 '길'이었습니다. 다시 유랑의 길에 나섰고, 그 길 위에 서서, 남은 것이 무언가를 생각했습니다. 육체로, 육체가 할 수 있는 것. 육체의 도리와 의무밖에 없었습니다. 육체가 할 수 있는 도리는 누구에게나 차별 없이 해 왔다고 반추했지만, 다시 세밀하게 점검해야 했습니다.

몸은 죽어 가더라도, 주위에 민폐는 끼치지 말아야겠다는 작은 목표를 세웠지요. 빚이라고 메모해 둔 것들을 점검하면서, 그 청산에 주력했습니다. 셀프 장례비 등, 제가 다시 마련해야 할 금액의 규모도 파악했습니다. 부친상을 당한 고교 동창을 찾아가, 고교 시절 싸움을 해야 했던 일도, 38년 만에 사과했습니다.

'나는 몸이 죽어야 할 죄인이니, 언제 죽어도 달게 받는다.'는 마음으로 물처럼 유랑했습니다. 상선약수上善若水를 떠올리며, 무조건 참으며 유랑했습니다. 빗방울처럼 외롭던 유랑이었지만 방향만은 정할 수 있었기에, 살아 내기는 한결 쉬워진 셈이었습니다.

다시 오신 님

저의 혼과 영의 죄를 알았으니, 점잖은 조소와 비난으로 싸움과 논쟁을 마무리했습니다. 혼과 영의 영역에는 무관심해졌고, 아주 멀어져 갔습니다. 가치가 없는 대상에는 '잊고 비움'이 경험이었습니다.

어느 날, 님과 스님의 혼이 같이 오셨습니다. 2014년 언제였는지는, 지금 기억하지 못합니다. 잊고자 했고, 지웠던 카톡 메시지였지요. '죄인의 몸이니, 이제 오지 마시라.'고 정중히 요청했지요. 강경한 님의 기색이 느껴졌습니다.

잠시 주목했습니다. 님의 혼은 '다 알고 있다고, 어찌 살아오셨고, 과정 또한 다 알고 있다고, 죄인이라는 것도 다 안다고, 육체를 좀 만나 달라.' 하셨습니다. 스님의 혼 또한 '절에 좀 다녀가시라고, 이런저런 얘기를 나눴으면 좋겠다.'는 말씀을 하셨지요.

스님의 혼이 찾아오신 것은 처음이라, 잠깐 '누굴까' 하는 궁금증이 들었습니다. 2000년 겨울, ㄷㄱ불교대학 행사로 인터불고호텔 앞에서, 님과 다정하게 대화하며 나란히 서 계셨던, 키 작은 비구니스님의 얼굴이 떠올랐습니다. 정식 인사는 드린 적이 없었지만, 선명히 떠오르던 순간 얼굴 영상이었지요. 법명은 'ㄷㅇ'라 하셨는데 무심코 들었고, 확인의 절차도 거치지 않았습니다. '죄인이니, 오지 마시라.'고만 요청하고, 연결의 기문氣門을 닫아 버렸습니다.

님과의 전생 관계를 알고 있었기에, 2~3일을 고민했습니다. 고민 후, 또 뜬금없는 두 번째 메시지를 드렸었지요. 김남조 시인의 시 〈가난한 이름에게〉였습니다. 새롭게 장만한 저의 노트에 적혀 있고 좋아하는 시이기에, 그때의 울적했던 감상感傷을 더듬으며, 전문全文을 또 적어 봅니다.

가난한 이름에게

김남조

이 넓은 세상에서 한 사람도
고독한 남자를 만나지 못해
나 쓸모없이 살다 갑니다

이 넓은 세상에서 한 사람도
고독한 여인을 만나지 못해
당신도 쓸모없이 살다 갑니까

〈생략〉

'인간이라는 가난한 이름 때문에'란 구절로, 시인은 '어떻게 사랑하며 사는가'를 돌아보게 합니다. 가난한 이름이라고, 시인은 많은 여지와 변명의 여백을 줍니다. 시인 또한 쓸모없이 살다 간다며 우리를 위로하고, 다시 돌아봄의 기회를 주는 듯합니다. 시인은 또 물어 옵니다. '당신은 고독을 아시느냐.'고. 그리고 고독할 자격이 있는지 물으며, 제 눈을 보는 듯합니다. 그러고는 어느 겨울, 시인 홀로 돌아가 울어 버립니다.

지극한 사람은 하늘입니다. 동물성과 공격성을 품고 사는 스스로를 돌아보지 못하고, 욕심으로 사는 쓸쓸한 존재를 저는 인간이라 이름합니다. 지극하게 세상을 사셨던 분들은, 죽어서는 하늘이 되는 이치를 저는 알게 되었기 때문입니다. 제가 이 시를 쓴 시인이었다면, 가난한 이름에게가 아니라, '가난한 인간에게'로 조금은 직설적이었을 것 같습니다.

5백 년 만에 드리는 편지

님! 5백 년의 세월을 잠시 거슬렀다 가겠습니다.

1515년(중종 10년). 경주주학慶州朱學의 교관으로, 25세에 첫 공직을 시작한 선비가 있었습니다. 나라에서 운영하는 경주주학은 양반의 자제들만 가르치는 교육기관이었습니다. 24세에 별시문과 과거에 급제한 그 선비는, 고향 인근의 경주에서 아이들을 가르치는 소임을 맡게 되었지요.

선비의 고향은 ㅇㄷ마을이었습니다. 겨우 10세에 아버지를 여의었고, 홀어머니 밑에서 공부한 선비는 집안의 장남이었습니다. 18세에 장가를 갔으나 본부인과의 사이에는 자식이 없었고, 본부인의 간청으로 25세에 소실을 갓 들였던 선비였지요.

그 선비는 제법 부유했지만 주위를 돌볼 줄 알았습니다. 과거 공부를 할 때에는 머지않은 ㅈㅎ사寺에 기거했었고, ㅅㅅ암庵 등 지역의 스님들과 교분도 깊던 선비였습니다. 젊은 시절부터 죽을 때까지, 오로지 어질 인仁만을 추구하며 학문적으로 파고들었던 그 선비는, 경주 지역에서는 잘 알려져 있었던 존재였습니다.

어느 날, 가르치던 아이들 중에서 유달리 영특한 아이가 선비의 눈에 띄었습니다. 선비는 그 아이에게 관심을 갖게 되었지요. 이것

저것 물어보게 되었고, 아이의 나이가 12세라는 것과 아버지 없이 홀어머니 밑에서, 형제 없이 자랐다는 사실을 알게 되었습니다.

선비는 아이를 면담하게 되었습니다. 그 선비 또한 10세에 아버지를 여의었기에, 영특한 아이에게 가는 관심은 자연스러운 것이었지요. 아이를 면담해 보니 가정 형편도 어려웠습니다. 형제 없는 아이가 겨우 7세부터 아버지가 없었다는 사실도 알게 되었지요. 아이에게 부친의 함자를 물으니, 들어 본 바는 없던 선비의 자제였습니다.

어느 날 선비는 아이를 앞세워 집을 알게 되었고, 하인을 시켜 아이의 집에 도움을 주기 시작했습니다. 제법 부유했던 집안의 가장이었기에, 그 도움의 시작은 가능했습니다. 계절마다 쌀 한 말씩, 작은 도움이 되리라 작정했던 선비는 3개월 후, 하인을 시켜 두 번째의 곡식을 아이의 집에 가져다주게 했습니다.

그 며칠 후, 집으로 돌아온 선비는 자신의 제자였던 영특한 아이의 방문을 받았습니다. 정확히는, 그 아이를 앞세워 찾아온 아이어머니의 내방이었습니다. 제자를 반갑게, 여인을 정중히 맞아들인 선비는, '감사하다.'는 여인의 말을 먼저 들을 수 있었지요. 다과상과 함께한 제자와 선생과 학부형의 만남이었습니다.

아이가 7세 때, 갑자기 아버지를 잃게 됐다는 얘기도 잠시 나왔지만 지나가는 말이 되었고, 아이의 장점과 교육 방법이 중심이었습니다. 길지 않았던 만남은 곧 지나갔고, 돌아가는 아이 엄마에게

'앞으로 부담 없이 받으시라.'는 당부 또한 선비는 할 수 있었지요.

하인을 시켜 계절마다 한 번씩, 쌀로 작은 도움을 주던 선비는 그 이듬해 봄, 처음 보는 하녀로부터 서찰을 건네받을 수 있었습니다. 제자와 함께 볼 수 있었던, '안부와 감사'의 내용이 담긴 아이 엄마의 문안 편지였습니다.

31세가 된 선비는 어느 여름날, 한양의 홍문관 박사로 선임되었고, 경주를 떠나게 되었습니다. 가족들까지 모두 한양으로 이사를 가게 되었기에, 아이 엄마와 아이에게 기울이던 작은 관심도 계속될 수 없었습니다.

어느덧 아이는 18세였고, 장가들 수 있는 나이가 되어 있었습니다. 한양으로 떠나는 선비를 제자는 배웅할 수 있었습니다. 그때까지 선비는 제자와 함께 내방한 제자의 어머니를 모두 두 번 볼 수 있었지요. 아이 엄마가 먼저 보낸 것으로 주고받았던 6년간의 서찰은, 매년 가을마다 1회씩, 모두 다섯 번이었습니다.

10년의 세월이 지난 1531년(중종 26년) 1월. 척신 김안로의 기용을 반대하다가, 선비는 그 일당들의 탄핵을 받아 파직되었고, 그해에 고향인 ㅇㄷ마을로 돌아오게 됩니다. 이미 경주 지역에 널리 알려져 있던 선비의 귀향은, 다시 제자의 내방을 받게 되지요. 12살의 아이로 처음 만났던 그 제자는, 28세의 어엿한 선비로, 두 아이의 아버지로 명망 있게 성장해 있었습니다.

41세의 나이로 귀향한 선비. 선비는 ㅇㄷ마을로 찾아온 제자와의 해후에서, 제자 어머니의 소식을 들을 수 있었지요. 절에 들어가 스님이 되셨다는 출가 소식이었습니다. 제자로부터 어머니께서 출가하시면서, '스승님의 은혜를 잊지 마라.' 하셨다는 당부도 전해 들었습니다.

선비에게는 충격이었습니다. 비록 자신은 절에서 과거 공부를 했고 스님들과 교분도 두터웠지만, 양반의 신분으로 출가했다는 소식, 더구나 양반 신분의 여자로서 출가했다는 소식은 선비로서도 처음 듣는, 참으로 드문 일이었습니다.

하나 있던 아이를, 당시로는 조금 늦었던 나이, 19세에 장가보내고, 손자를 보다가 출가를 결행했다는 제자 어머니의 얼굴. 2번 볼 수 있었고, 5번의 서찰을 주고받았던 여인의 얼굴을, 선비는 떠올릴 수 있었습니다. 기품 있고 서찰에서는 지적이기까지 했던, 고운 여인의 얼굴이었습니다.

재가할 수 없었던 사회였기에, 아주 젊어서 홀로된 여인의 고충과 애잔함을 상상할 수 있었기에, 홀로 7세의 아이를 19세까지 키우고도, 손녀가 태어나기도 전에 출가를 결행했던 여인의 고독을 짐작하는 것만으로도 가슴 아팠던 선비였기에, 청도 ㅇㅁ사와 법명까지 답해 준 제자의 말을 귀담아들었습니다. 선비는 처음으로 제자에게 어머니의 나이도 물었지요. 선비보다 4살이 많았습니다.

얼마 뒤, 그 선비는 쌀 열 가마의 시주물이 실린 소달구지와 하인을 청도로 떠나보냈습니다. 하인에게 법명이 적힌 쪽지를 품에 넣게 했고, '꼭 찾아뵙고 인사드리고 오라.'는 선비의 당부는, 하인의 두 어깨에 실려 소달구지를 따라가고 있었습니다. 제자의 어머니가 출가하셨다는 세월에서 6년이 지난 뒤의 일이었습니다. 선비와 여인의 인연은 그렇게 끝이 났습니다.

양반의 신분으로, 6년 전 39세의 늦은 나이에, 손자 손녀 볼 수 있는 즐거움도 포기한 채, 결연히 ㅇㅁ사로 출가하신 여인은 자연스레 주위의 관심을 받게 되지요. 많이 늦은 출가였지만, 많은 아픔을 가진 양반 신분의 여인이었지만, 절집의 아낌과 보살핌은 컸습니다. 또 아픔을 헤아려, 특별히 그 여인을 챙겨 준 스님도 계셨습니다. 여인은 그 스님과 속내까지 얘기할 수 있을 만큼 빨리 친해질 수 있었고, 적응하기도 쉬웠습니다.

고향에 칩거한 지 6년. 47세에 다시 중앙의 부름을 받은 선비는 한양으로 떠나야 했습니다. 좌찬성의 고위직과 세자의 스승으로 있던 9년 후. 선비는 또 다른 척신 윤원형의 탄핵을 받아 56세에 다시 귀향하게 됩니다. 58세에 척신들의 음모로 선비는 아주 먼 평안북도 끝으로 귀양을 가게 되고, 귀양지에서 63세에 책을 쓰다 죽습니다. 비구니가 되셨던 여인은, 그 선비보다 8년 일찍, 법랍 20세, 세수 59세에 입적했습니다. 그분의 법명은 희수喜修였습니다.

님! 짐작은 되시는지요? 님과 제가 만났던 직전생의 인연입니다. 여기에서 선비는 저였습니다. 제자의 어머니였고, 출가하신 여인은 직전생의 님이었습니다. 그 여인을 ㅇㅁ사에서 살뜰히 챙겨 주신 스님은, 직전생의 ㄷㅇ스님이셨습니다. 저의 직전생은 'ㅎㅈ ㅇ ㅇㅈ'이었습니다. 인터넷에 검색하니 나오더군요.

님! 5백 년 만에 드리는 편지 맞습니까? 혹, 믿기지 않으십니까? 제 목숨을 걸지요. 님과의 전생 관계는 정말 자세히 들여다보아야 했습니다. 또 자세히 알고 싶기도 했습니다. 동기가 있었지요. '제가 과거생에 무엇을 잘못했나?'였습니다. '무엇을 잘못했기에, 이토록 억울하고 격한 운명을 만났나……?'

알아야 했습니다. 직전생부터 살피기 시작했지요. 2002년 초 ㅂㅎ기획에서 들었던 '님의 말'은, 가슴 먹먹했던 고마움이기도 했지만, 큰 부채로 제게 남아 있었습니다. 시작은 '왜 그런 말을 들어야 했는가?'였지만, 티끌만큼의 사심도 없었습니다.

저의 빚짐이나 과오나 모자람에 대해서는 정확히 알아야 했기에, 참으로 예민하고 세밀하게, 수치까지 확인했습니다. 이 글을 쓰는 지금도 확인, 또 확인합니다. 선후 관계는 어떠하며, 과장이나 꾸밈은 없는지, 틀린 곳은 없는지, 저의 영과 혼은 바로잡아 줍니다. 님의 혼과의 대화는 훨씬 뒤의 일이기에, 더 자세한 얘기는 뒤에서 적겠습니다.

이런 인연이었다는 것을 알았을 때, 자연스레 '매디슨 카운티의 다리'가 떠올랐습니다. 그래서 2013년 여름에 시를 보냈고, 2015년 거창 가북 폐교에 귀촌하여 책과 DVD를 보냈습니다. 그냥 보내고 싶었습니다. 또, 만나 뵙고도 싶었습니다. 그러나 현실은 그러지 못했지요.

왜 님은, 직전생에서 출가하셨을까요? 그것 또한 시간이 흐르니 밝혀지더군요. 저도 제일 나중에야 알았습니다. 출가의 이유도 뒤에서 밝혀집니다.

저는 절집에서 큰 죄를 지은 죄인이었습니다. 그래서 죄인으로 살아야 했습니다. '님은 알게 될까? 죽어서는 아시겠지…….' 그렇게 밀쳐놓고 있었습니다. '살아서 어떻게 끝이 날 숙제인가?'에 관심은 가면서도, 결과는 포기했습니다. 다만, 육체는 그때도 살아 있었습니다.

낯선 경험의 시작

2015년 4월. 제주도에서의 겨울철 노가다를 끝내고, 거창의 폐교된 학교 관사로 귀촌했습니다. 이웃 마을에 귀촌한 친구의 조언과 우정을 받았습니다. 텃밭과 울타리 주변에 심을 수 있는 10여 종류를 심었습니다. 오미자 농사는 천천히 배우기로 작정했습니다.

님의 혼은 자주 찾아와 육체를 만나 줄 것을 청했습니다. 저는 계속, '죄인이니, 오지 마시라.'만 반복했지요. 님의 혼과는 더 이상 대화의 문은 열지 않았습니다. 초파일이 지나, 님께 찾아뵙기를 원했던 전화도 딱 한 번 드렸지만 한마디로 거절하셨지요. 님의 혼의 부탁으로 드린 전화도 포기할 수밖에 없었습니다.

낮이면 개울가의 큰 돌들을 실어 와 학교의 화단들을 만들었습니다. 밤이 되면 할 일이 없었고, 습習을 위하여 다시 필사筆寫를 시작했습니다. 《매디슨 카운티의 다리》였습니다.

노가다유랑을 하면서도 밤이면 김훈 님의 소설 《칼의 노래》 필사를 이미 마친 뒤였습니다. 처음 해 본 필사였지만 많은 것을 느낄 수 있었습니다. 정직한 문장인지, 작가의 심리는 어떤지, 강직한 기준의 문장인지, 작가의 성품과 심성까지 유추할 수 있는 눈이 생기더군요. 밤 시간 보내기로는 제대로 선택했던 필사였습니다. 또 느껴 보려고, 저도 꿈들이 있었는데, 할 수 있으면 다시 시작해 보려고, 최소한이라도 습習을 가꾸는 작업이라도 되겠기에, 다시 필사를 시작했던 것이지요.

2015년 6월 초의 어느 밤. 원고지에 필사를 하고 있던 중에 낯선 경험이 시작되었습니다. 제가 35년 정도 교류하며 지냈던 어느 스님의 혼이 찾아왔습니다. 저는 깜짝 놀랄 수밖에 없었지요. 직감적으로 떠돌고 계신 혼임을 알았습니다. 그 스님의 혼은 이미 열반하신 스님의 혼이었습니다.

2014년 늦가을. 제주에서 노가다를 하면서, 그분의 맏상좌 스님으로부터 열반과 49재 소식을 카톡으로 주고받았기 때문이었습니다. 동진출가 하셨고, 초파일 특집방송에서 가끔씩 인터뷰하시는 모습을 볼 수 있었던 ㅈㄱ종 스님이었습니다.

혼이 오신 이유는 알아야 했습니다. 맞는지 철저히 확인부터 했습니다. 그리고 대화를 하게 되었지요.

"아니, 가시지 못했습니까?"

"예, 그리됐습니다."

"그러면 열반하신 지가 1년 가까이 되었는데, 왜 이제야 저에게 오셨습니까?"

"면목이 없어서, 부끄러워서 못 왔습니다."

"말씀 놓으십시오. 경어를 쓰시니 이상합니다. 말씀 놓으십시오."

"아닙니다. 말을 놓을 수 없습니다."

살아생전 저에게 '이놈 저놈' 하셨고, 화두 잡는 법을 가르쳐 주셨고, 먼 거리 찾아뵈면 밤늦도록 일을 시키시던 스님이셨는데, 제가 민망스러울 만큼 말을 깍듯이 하고 계셨습니다.

"괜찮습니다. 말씀 놓으십시오. 예전처럼 편히 하십시오."

"죄송합니다. 말을 놓을 수 없습니다."

"놓으셔도 된다 하지 않습니까? 편히 하십시오."

"죄송합니다. 말을 놓을 수 없습니다."

잠시 침묵이 흘렀습니다.

"알겠습니다. 어찌 오셨습니까?"

천도薦度의 문제였습니다. 맏상좌를 만나 어떻게 해 달라고, 구체적인 방법을 부탁하시더군요.

저도 준비를 해야 했습니다. 오랜만에 찾아뵙는 길. 야개연夜開蓮 3종류를 산지에 주문했고, 좋은 연통도 구입해야 했습니다. 준비가 모두 갖춰진 후, 맏상좌 스님께 전화를 드렸지요.

"스님, 한 번 찾아뵈려고 합니다. 예전의 그곳에 계신가요?"

"예, 그대로 있습니다. 언제라도 오십시오."

약속대로 남도 땅 끝자락으로 갔습니다. 스님이 원하시는 공간에 3종류의 야개연을 먼저 심었습니다. 맏상좌 스님께 일 배 한 후, 차탁을 사이에 두고 마주 앉았습니다.

"스님, 제가 불쑥 찾아온 이유가 있습니다."

"알고 있습니다."

"그렇습니까? 제가 어찌 찾아왔는데요?"

“제 은사스님 문제로 오셨지 않습니까?”

의외였지요. 참으로 쉽게, 부탁하신 것과 절차를 말씀드릴 수 있었습니다. 알아주신 스님이 많이 고마웠습니다. 그동안 못 드린 인사와 인정도 나눌 수 있었습니다.

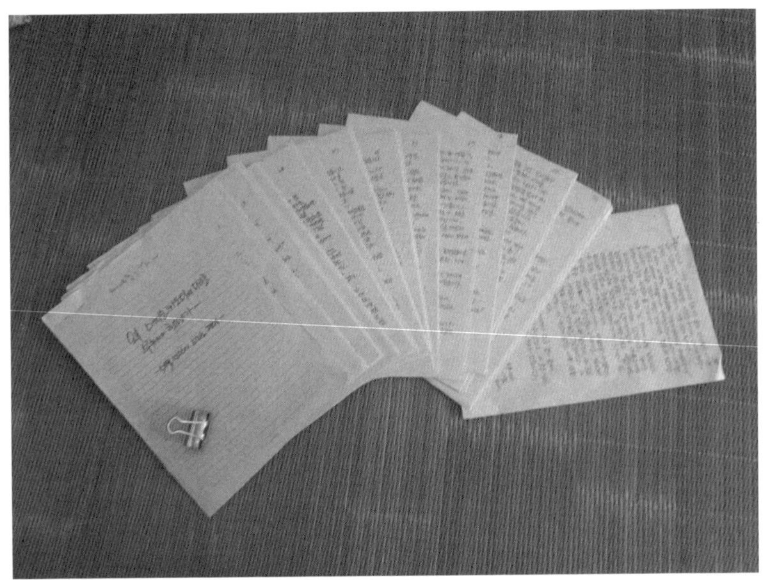

죽음을 준비하며

남도 땅을 다녀온 지 며칠 후, 징후는 찾아왔습니다. 저의 건강이 문제였습니다. 노동의 유랑은 식사를 제시간에 하게 했지만, 귀촌 후의 식사는 그렇지 못했습니다. 그럼에도 몸은 움직였습니다. 노동은 할 수 있었지만, 가장 하기 힘든 것이 먹는 일이었습니다. 먹을 의욕이 없었고, 배고픔도 느끼지 못했습니다.

2015년 6월 중순 어느 날의 오후. 갑자기 걷는 것이 힘겨웠습니다. 두 발목의 힘이 갑자기 빠져 버렸습니다. 두 발목 중심에 구멍이 난 듯했고, 그곳으로 바람이 통하는 느낌이었습니다. 걷는 것으로 점검을 해야 했습니다.

휘청거리고, 가벼운 힘에도 넘어지겠다는 생각이 들었습니다. 천천히 걷는 걸음으로도 5분이 힘들었지요. 쉬었다가 걷기를 반복했습니다. 도저히 못 걷겠다는 생각이 들 만큼 걸어 본 후 시간을 체크하면, 30분 정도의 시간이 지났음을 확인할 수 있었습니다. 문제였습니다.

다음 날의 점검에도 전혀 변화가 없었습니다. 사람들 눈이 없는 곳에서 점검을 계속했습니다. 가고 싶었던 해인사소리길에 갔습니다. 걸을 수 있는 거리를 확인하고 싶었습니다. 1km를 걷다가 포기했습니다. 왕복 2km가 한계였습니다. 점검의 마지막이었고, 육체가 다 됐음을 직감했습니다.

죽음을 준비해야 했습니다. 점검도 포기했습니다. 귀촌하면서 사 둔 창호지와 풀로 다 떨어진 방문들부터 단장했습니다. 얼룩진 벽지 위에 창호지를 대보았지만, 그냥 덧붙여 버렸습니다. 방부터 주변 청소까지 신경 썼습니다. 키우던 다육이들과 야개연들도 모두 새롭게 옷을 입혔습니다. 그동안 한 번도 입지 못했던 새 옷들은 포장 그대로, 체격이 비슷한 동생에게 보냈습니다.

여기저기 심은 작물들에게도 마지막 물을 주었습니다. 동네까지 내려가 말통에 물을 채우고, 차로 실어 와 조금씩 물을 주는 것이었습니다. 가뭄이 제법 계속되었던 터라, 그동안 물을 주기 힘들었음을 고백했습니다. '너희들에게 이 물을 주는 것이 마지막이다. 어쩔 수 없다. 살든지 죽든지 이제는 하늘에 달렸다. 나는 이제 걸을 힘이 없다. 미안하다, 너희들…… 이 물이 마지막이다.'

그리고 밤이면, 《매디슨 카운티의 다리》를 계속 필사했습니다. 습을 위함이었고, '어떻게 사랑해야 한다는 것을 조금 더 알아보면서 죽어야겠다.'는 생각이었습니다. 직전생에 귀양 가서 글을 썼다는 생각도 났습니다. 죽기 전 그래도, 가장 할 만하고, 하고 싶은 일이 무얼까를 잠시 생각했습니다. 글을 쓰는 것이었습니다. '아! 그렇구나. 습이 이토록 이어지는 것이구나. 좋은 습이라 그나마 다행이다. 습이라는 것이, 이토록 무서운 것이구나…….' 몸으로 겪는 새로운 깨달음이었습니다.

더러는 님 생각도 나더군요. '못 잊어 생각이 나겠지요. 그런대로 한세상 지내시구려. 잊을 날 있으리다.'라는 노랫말도 떠올랐습니다. 약간 슬퍼지기도 하더군요. 직전생에 어떻게 만나 어떤 편지를 나누고, 어떻게 헤어졌음도 알았지만, 2002년에 가슴 먹먹히 파고들었던 그 말에 만족하면서, 만나 볼 시도는 유일한 짧은 통화였을 뿐, 시도조차 제대로 해 보지 못했지만, 지나온 인간 세계 윤회 중에서, 그래도 님과는 선연善緣으로 남았음을 고마워하면서 필사를 계속했습니다.

몇몇 인연에게 간단한 편지들을 쓸 생각도 잠시 했지만, 부질없음을 느꼈습니다. '그냥 가자. 말없이 가자. 글 쓰다 쓰러진 모습이거나, 자다가 그냥 떠난 모습이겠지.'

필사의 시간들은 참으로 고요했고, 행복했습니다. 어떤 공포도, 미련도 없었습니다. 미안함들뿐이었습니다. 고마움들뿐이었습니다. '공연히 세상에 왔다가, 빚만 지고 간다.'는 쓸쓸함은 있었습니다. 육체가 할 수 있는 것은 게으름 피우지 않았기에, 회한도 없었습니다.

참으로 고요한 시간이 계속되었습니다. 적막의 고요함과 비움에도 이상한 육체의 반응이 있었지요. 필사하다 피곤해 잠에 떨어졌다가 깨어 보면 1시간 후. 또 필사하다 깊게 잠들어도 깨어나면 1시간 정도. 또다시 쓰다 잠들어도, 깨어나면 30분만 지나가 있고……이상한 시간의 흐름과 육체의 증상은 2, 3일간 계속 이어졌습니다. 이 현상은 나중에 알게 되었습니다. '죽음을 앞둔 육체의 잠재적인 공포'였습니다.

네 번째 넘긴 죽음

2015년 6월 하순이 시작된 날. 밤 11시를 넘기고, 죽음을 기다리며 필사하던 저에게 전화가 걸려 왔습니다. 발신인은 스승님 잔심부름을 하시는 보살님이셨습니다. 황망히 전화를 받았습니다. 스승님이셨습니다. 2011년 1월 31일 절집을 나온 이후 전갈은 몇 번 있었지만, 직접 통화하기는 처음으로 기억합니다.

"너, 거기 어디고?"

"거창입니다."

"주소 대 봐라."

"어디 어디입니다."

"알았다. 내 지금 출발한다."

"……."

방을 대강 정리했습니다. 필사하던 흔적들도 치우고, 밖으로 나갔습니다. '무슨 일이지? 왜 갑자기 전화를 하셨지? 그것도, 직접. 왜 갑자기 오시는 건가……?'

바깥에서 서성이며 저는 생각에 잠겨 갔습니다. 자정이 넘은 시각. 해발 높은 산촌은 먼 불빛만 몇 개 있을 뿐. 개구리 울음소리가 가득했습니다. 죽음이나, 죽음을 기다리고 있었던 생각도 까마득히 잊어버린 채, 긴장하고 있었습니다. 빠른 속도의 불빛이 당도했습니다. 스승님과 시봉하시는 보살님이 오셨더군요. 기거하는 방으로 안내했습니다.

두 분이 좌정하시는 걸 보고 삼배를 드리려 하자, 인사부터 막으셨습니다. 제가 앉자마자 스승님은 두 손을 모으셨습니다.

"내가 니한테 두 손 모아 부탁하께. 제발, 좀 살아라."

"……."

'살아라, 살아라, 살아라…….' 그 말씀이 머릿속에서 메아리를 만들고 있었습니다.

"내가 니를 살릴라꼬, ㅊㄷㅇ때부터 얼마나 많은 공을 들였노? 니도 알잖아. 내 목숨 걸어 가며, 니를 몇 번이나 살려 왔다는 걸, 니도 알잖아…… 제발 좀, 살아라. 니 해도 해도 너무한다. 제발 좀 살아라 이놈아!"

"……."

고개만 숙이고 있었습니다. '아, 맞다. 나는 죽음을 기다리고 있었지. 그걸 또 아시고, 갑자기 전화를 주셨구나. 또, 미리 아시고 이렇게. 이 늦은 시간에, 멀리 이곳까지. 여기까지 직접 오셨구나…….' 머릿속이 빠르게 정리되고 있었습니다.

"니 놈, 정~말 잘났다. 제자에게 이렇게 부탁하도록 만드니, 너 정말 잘났구나. 정말 잘난 놈이구나."

"……."

"여길 우째 왔노?"

“친구가 추천했습니다. 친구도 인근 마을에 있습니다.”

“볼 줄 아는 놈이 이곳을 와 왔노?”

“…….”

“니 볼 줄 알잖아. 지금 봐라.”

“…….”

잠시 침묵이 흘렀습니다.

“봤나?”

“예.”

“뭐라꼬 나오노?”

“저의 사지死地로 나옵니다.”

“그래, 맞다. 너의 사지다. 볼 줄 아는 놈이 와 안 봤노?”

“저는 보지 않습니다. 볼 자격이 없다고 생각했습니다.”

“니가 곧 죽을 거라는 거, 알고 있었느냐?”

“느끼고 있었습니다. 한 열흘 됐습니다.”

“죽을 준비를 했더냐?”

“…….”

차마 답변을 못 했습니다. 다시 정적이 흘렀습니다.

“그동안 기氣를 돌렸느냐?”

“한 번도 없습니다.”

“왜?”

“자격이 없다고 생각했습니다.”

“어디 어디 있었노?”

“전국을 다녔습니다. 노가다를 했습니다.”

“그래? 자, 자세를 취해 봐라. 너는 지금, 하단전과 중단전의 단전丹田이 부서졌다. 상단전만 남아 있다. 확인해 봐라.”

4년 몇 개월 만에 처음으로 운기運氣 자세를 취하자, 상단전은 느껴졌고, 하단전과 중단전은 반응이 없었습니다. 텅 비어 있었습니다.

“지금 하단전과 중단전을 복구하고 있다. 이제부터는 사는 곳부터 늘 확인해라. 단전은 두 번 복구는 안 된다. 다시는 원자력발전소 근처에는 가지도, 머물지도 말아라.”

울진 원자력발전소에서의 철근공 노가다가 단전이 부서진 원인이었습니다. 울진에서 며칠을 아프다가, 철수했던 날이 떠올랐습니다. 스승님께서 여러 조치를 취해 주시고는 떠나시며 하시던 말씀.

“내일, 사람 보내께.”

“예.”

“일하지 말고, 글도 쓰지 말고, 쉬어라. 알았나?”

“예.”

빠른 속도로 차량의 불빛은 멀어져 갔습니다. 새벽 1시를 넘긴 시간이었습니다. 꿈처럼 망연히, 개구리 울음소리를 들었습니다. ‘죄인이었는데…… 내가 또, 골 때리는 제자까지 되었구나…….’ 줄담배를 피웠습니다.

다음 날, 처음 보는 처사님이 박스 2개를 가져왔더군요. 배웅한 다음 박스를 열었더니, 먹을 것이 가득이었습니다. 곰국과 떡들,

고기절임과 와송음료 등. 기가 막혀 왔습니다. 음식 종류를 세어 보았습니다. 23가지였습니다. 홀로 다 먹을 수 없어, 주변 어르신들께 떡들은 나눠 드렸습니다.

3일 후. '오늘 중에 다녀갈 수 있느냐?'는 전갈을 시봉보살님께서 주셨습니다. 그래서 갔습니다. 가던 길에 단비가 내리고 있었습니다. 마지막으로 준 여러 농작물의 가뭄이 해갈되고 있었습니다. 스승님을 뵈었습니다.

"이왕 왔으니, 하룻밤 자고 가거라."

"……."

"왜? 돌아가고 싶으냐?"

"예. 가고는 싶습니다. 늘 자던 곳이어서요."

"자고, 내일 가라. 말해 주께. 오늘 가면 너는, 거기서 죽는다."

"……."

하룻밤을 자고 제 거처로 돌아왔지만, 이틀 후에 다시 '짐 싸 들고 오라.'는 전갈을 받았습니다. 한 달 이상 요양해야 한다는 명命이었습니다.

스승님이 계신 절에서 먹고 자는 것, 운기만 하며 조금씩 건강을 찾아갔지요. 유발제자들이 하는 운력에서도, 저는 모든 일에서 열외였습니다. 청일靑日이라는 법명도 새로이 받았습니다. 몸무게도 예전의 수준으로 회복되었지만, 빠져 버린 두 발목의 힘은 쉽게 돌아오지 않았습니다. 1년이 넘은 지금도 그 증상은 조금 남아 있습니다.

다시 거처로 돌아올 수 있었던 것이 8월 중순이었고, 그렇게 또
예상치도 못했던 4번째의 '죽음 넘기기'는 홀로 가슴에 간직해야
했습니다.

자책의 시간

사지死地임을 알고 다시 돌아왔지만, 누구에게도 말할 수 없었지요. '많은 기氣를 소모하니, 글 쓰는 일은 당분간 하지 마라.'는 엄명도 있었기에, 그냥 놀고 걷기만 했습니다. 그러다 보니 자책의 시간이 찾아왔습니다.

절집에 죄를 지었던 놈이, 또다시 구명지은을 입었고, 절집에 있는 동안 또 신세만 끼쳤다는 자괴감은 위험한 생각을 하게 했지요. 여러 가지 방법들을 검토하기 시작했습니다. 인터넷도 검색했습니다. 방법들의 장단점, 성공 확률, 실패의 후유증…… 그리고 한 가지 최종 방법은 정할 수 있었습니다. 또다시 주위에 민폐를 끼칠 몸이라고 판단되면, 최종 방법을 택하기로 정해 버렸지요. 남의 눈에 띄지 않고 가는 방법이었습니다.

우울증, 외로움, 자괴감, 나쁜 생각 등은 나쁜 세계에 존재하는 마장魔障들이 원인임을 알고 있었기에, 몸속에 온 존재들을 확인해 보았습니다. 예상대로였습니다. 마장들의 정체를 반드시 확인했지요. 혹 죽더라도, 정체를 알아 결산하기 위해서였습니다. 확인하면 8식識에 저장이 되니, 해코지하는 존재들도 담담히 넘겼습니다. 마장임을 알면서도 마장에 지며, 많은 날들을 죽이고 있었습니다.

'지금 이것은, 육체만 살아 있는 것이지 살아가는 것이 아니다.

죽음도 각오하고 준비했다. 그런데, 또 살아났다. 몇 번이나 살아난 이유는 있는가? 살아가야 할 목표와 이유조차 공허한데, 어찌 살아 내야 하나? 지금의 내 일상은 살아지고 있는 것이지, 내 의지로 살아가는 것이 아니다. 살아가야 한다. 어찌해야 살아가는 것이 되는가…….'

제 자신에게 계속 물으면서 10월이 되었습니다. '왜 이렇게 되었는가?'의 원인들은 거의 찾아졌지만, 살아 내야 하는 방법을 찾아야 했습니다. 살아난 이유가 있을 거라고 여기며 움직이기 시작했지요. 경험을 얻기 위해 심었던 작물들을 둘러보니, 거두어들여도 되겠다는 생각이 들었습니다. 고구마와 땅콩, 옥수수는 주위에 전부 나누어 드렸습니다.

읍내의 PC방으로 가서 노가다 전국 현장들을 검색했습니다. 몇 군데를 메모하다 보니, 1년 전에 일했던 현장의 목수팀장 번호도 있었습니다. '새로운 경험을 하는 것이 좋은데…… 아는 곳이 좋을까?' 2, 3일을 고민했지요. 현장 트러블이 생길 위험성보다는 안정성을 택했습니다. 제주의 목수팀장에게 전화를 걸었습니다.

"납니다. 또 사람을 구하고 있네요. 가도 됩니까?"

"예, 형님. 오세요, 환영합니다. 형님, 언제 오실 수 있는데요?"

추워지기 전에, 해발이 높은 산촌이라 길이 막히기 전에 떠나야 했습니다. 모든 짐들을 포장하여 작은 방에 넣어 두고, 10월 중순에 제주로 떠났습니다. 여기저기 김장 재료로 나눠 주고 싶었던 배추는, 그들의 운명에 맡겨 버렸습니다.

경주에서 들은 얘기

2015년 12월 중순. 서귀포에서 낯선 경북 지역의 전화를 받게 됐지요. 경주였고, ㅂㅎ기획을 하셨던 ㅂ사장님의 전화였습니다. '사업 접었고, 경주에 자리 잡았으니, 꼭 한 번 다녀가라.'는 전화였습니다. 거의 모두에게 잊힌 줄 알았던 나라는 존재는, 너무나 쉽게 떠나갔던 세상의 인심들을 경험했기에, 경주의 전화는 고마움으로 기억되었습니다.

떠나기 전 친구와 약속했던, 준비를 위한 작은 목표도 완료되었기에, 올해 5월 초 거창으로 돌아왔습니다. 작년에 심었던 배추들은 녹아내린 흔적이 하얗게 남아 있었습니다.

그런데 또 이상한 현상이 생기기 시작했습니다. 님의 혼과 ㄷㅇ스님의 혼이 또 오시기 시작한 것이었지요. 이유만은 알아 두어야 했기에, 간단한 메시지만 확인했습니다. 님의 혼은 '육체를 좀 만나 달라.'는 것이었고, ㄷㅇ스님의 혼도 '육체를 만나 달라.'와 '한번 놀러 오시라.'는 부탁이었습니다.

스님의 혼께는 대답을 해야 했습니다. '세월에 맡기겠습니다. 때가 되면 만나지겠지요. 약속드리지는 못합니다.'만 전하고, 대화의 문을 닫아 버렸습니다. 몇 번 더 오신 것도 모르는 척하고 지냈습니다.

5월 8일 경주로 갔고, 오랜만에 ㅂ사장님을 만났습니다. '그간 수고하셨다. 좋은 곳에 자리 잡으셨다.'는 덕담도 건넬 수 있었습니다. '지난 세월이 고마웠으니, 형님으로 부르겠다.'며 일방적으로 호칭도 바꿨습니다.

이런저런 얘기를 이어 가던 중, 언뜻 스님의 얼굴 영상이 떠올랐습니다. 인터불고호텔에서 한 번 스친 스님의 얼굴이었지요. 저의 영靈이 '스님의 혼이 왔다.'는 것을 알려 주는 신호였지요. 확인할 필요는 없었습니다. 저는 속으로 웃으며 독백했습니다. '참…… 귀신같이 아신다. 그렇지, 혼도 귀신이지. 생혼生魂과 사혼死魂의 힘 차이가 있을 뿐.'

문득 궁금해져서 물었습니다.

"형님, 하나 물어보겠습니다."

"음. 물어보셔."

"ㄷㅎ사와 관련된 사찰 중에서, 비구스님이 아니고 비구니스님 중에서, ㄷㅇ라는 법명을 쓰시는 스님이 있습니까?"

"음, 있지."

"그러면, ㄷㅇ라는 스님과 ㄱㅈㅅ보살님과는 어떤 사이입니까?"

"오삼죽이지."

"오삼죽이 뭡니까?"

"서로 떨어지지 않는 사이지. 둘이 아주 친해. 안 떨어져."

"그런가요?"

"왜?"

“두 분의 혼이 자꾸 찾아오셔서요.”

“혼?”

“예.”

“…….”

아차 싶었습니다. 친하다 싶어 벽을 허무니, 실수를 해 버렸습니다. 감추어야 했는데, 말이 나와 버렸습니다. 잠시 말이 끊어지고 침묵이 흘렀습니다. 끊어진 대화를 잇고자 수습에 나섰습니다.

“ㄷㅇ스님은 눈이 동그랗고, 얼굴이 계란형에 가깝습니까?”

“아니. 아주 못생겼어. 키도 작아. 짜리몽땅해.”

“그래요?”

“ㅎㅅ스님은 아시나?”

“예. ㅎㅅ스님이야 불교대학에서 배웠으니 알죠.”

“ㅎㅅ스님 사형이야. 못생겼어.”

“…….”

“ㄱㅈㅅ보살은 예전에 ㅅㅇ동에 산다고 들었는데, 요즘 잘 있는가?”

“저야 모르지요. ㅅㅇ동에 사시는 것도 모르고, 전화번호까지 전혀 모르지요.”

님과 관계된 경주에서의 모든 대화는 이러했습니다. 반나절 만에 돌아는 왔지만, 의문이 생겼습니다.

‘아주 못생겼다? 기준이 뭐지? 내 기억의 얼굴은 눈이 동그란 듯했는데……. 16년 전쯤의 얼굴, 그게 못생긴 얼굴이었는가? 이상하다. 어찌 해석해야 하지? 아닌데, 내 눈에는 못생긴 게 아닌데……. 키가 작다는 것은 얼추 맞는 것 같고…….'

제가 헷갈리기 시작했습니다. 그래도 '서로 떨어지지 않을 만큼 친하다.'는 얘기는 소득이었습니다. '그래서, 혼들도 같이 다니는 것이 많구나. 맞다. 혼들의 세계도 유유상종이니. 이제 같이 오는 것이 이해가 되고, 의문을 풀 수 있는 확률은 커졌다.' 몰랐던 사실 하나라도 건지며 뒤로 미루어 두었습니다.

초파일을 앞두고 있었기에, 절집 통장으로 등값을 형편대로 보냈습니다. 해마다 2배씩은 늘려 가리라는 다짐은 4년이 넘도록 지키지 못했습니다. 남도 끝자락에 계신 스님께도 오랜만에 등값을 보낼 수 있었습니다.

평온하게 보냈던 올해의 초파일 밤, 자시 직전. 저는 너무나 큰 선물을 받았습니다. 스승님의 메시지였습니다. 주고받은 메시지 그대로 적어 보겠습니다. 절을 나온 이후, 처음으로 받았던 메시지입니다.

"오늘은 하루지만, 한때는 언제나 사랑하는 그대와 언제나 함께하기를 빌어 본다."

"거듭, 거듭, 거듭, 엎드려 감사드릴 뿐입니다."

왈칵, 눈물이 솟구쳤습니다. 두 눈이 그렁그렁 젖어 버렸습니다. 깊이 숙여 합장하고, 감사하며 귀의했습니다. 죄책감에 빠져 살아내야 하는 것. 참으로 힘든 여정이었습니다. 사는 것과 의미까지도 아예 없었고, 침묵으로 참회하는 것도 한계가 있었습니다. 급기야 '어떻게 산다.'에 대해서 포기하고 있었던 여정에서, '사랑한다'는 스승님의 짧은 메시지 하나는 많은 힘을 주기 시작했습니다.

또 하나의 경험

계획대로 몸을 움직이고 있었습니다. 인근 마을의 친구는 작은 참선방을 만들기 시작했습니다. 친구 부부와 함께 기초를 하고 벽돌을 쌓고, 구들 밑에 온도를 저장할 돌들도 개울에 가서 주워 모았습니다. 일이 재미있었고, 계획대로 움직이던 일정 또한 순조로웠습니다. 오미자 농사 배우기를 포기하고, 새로운 일의 기획을 마쳤습니다. 서울의 변리사에게 의뢰하여 5개의 상표등록도 마쳤습니다. 1개는 친구와 함께 쓸 것이었고, 4개는 다른 지역에 양도하여 상표값을 받을 만한 것이었습니다.

2016년 6월 초의 어느 아침. 어느 분의 혼이 찾아왔습니다. 확인해 보니, 육체가 서로 모르는 분이었습니다. 나쁜 세계의 혼은 아니었기에, 확인 절차를 거친 다음 물었습니다.

"어떻게 오셨습니까?"

"예. 함부로 찾아와서 죄송합니다. 저는 ㅇㄱㅇ씨의 종손입니다."

'알고 왔구나.' 저는 시치미를 떼고 물었습니다.

"저를 알고 있습니까?"

"예."

"제가 누굽니까?"

"제가 매년 불천위제사를 모시고 있는 전생의 어른이십니다. 덕분에 저희들은 참으로 편히 살고 있습니다.”

확인을 마친 저는, 찾아오신 혼이 너무나 극존칭으로 대하기에
제가 청했습니다.

“누구에게나 조상은 있고, 돌고 도는 게 윤회의 이치입니다. 저
보다 나이도 많으신 것 같은데, 말씀 편히 하십시오.”

“아닙니다. 그리할 수 없습니다.”

“괜찮습니다. 다 지나간 과거사일 뿐입니다. 말씀 편히 하십시오.”

“아닙니다. 절대로 그리할 수 없습니다.”

“알겠습니다. 어찌 오셨는지요?”

“부탁이 있어서 왔습니다.”

“예, 말씀해 보세요.”

“육체는 편히, 누구보다도 편히 살고 있습니다. 그런데 육체가
불법佛法을 제대로 만나지 못했습니다. 조만간 오시면, 육체를 꼭
한 번 만나 주십시오.”

“안 그래도 시간 나면, 제가 전생에서 태어나고 자란 곳은 가 볼
예정이었습니다. 그것을 알고 오셨습니까?”

“예. 알고 왔습니다.”

“놀랍군요. 그런데 만나서 뭐 하게요?”

“육체가 사는 것, 돌고 도는 윤회, 불법, 그런 것들을 육체를 만
나 가르침을 주셨으면 합니다.”

“못 합니다. 그리는 할 수 없습니다. 정신병자 소리 듣기 싫습니
다.”

“……”

“자, 생각해 보십시오. 잘 살고 계십니다. 그런데 어느 날 어떤 놈이 와서 얘기 끝에, 내가 당신 조상입니다, 또 혼이 와서 이런 말씀들을 하며 부탁을 했다 치십시다. 어떤 반응이겠습니까? 미친놈 됩니다. 혼은 이리 아시지만, 몸뚱이는 모릅니다. 그래서 못 합니다.”

“저 하나라도 따로 찾으셔서, 남들 모르게, 인생의 돌고 도는 이치와 제대로 사는 법과, 불교를 제대로 공부하게 당부라도 좀 해 주셨으면 합니다.”

그분의 혼이 욕심을 내고 있었습니다. 떠도는 영혼이 천도를 가장 바라는 것처럼, 혼의 미래를 결정하는 사고와 행行의 방법들을 육체에게 가르쳐 달라고 부탁하고 있었습니다. 이해는 되었지만 거절했습니다.

“반대로 제 입장을 생각해 보십시오. 말씀은 그리 쉬워도 몸뚱이가 받아들이는 것, 참으로 어렵습니다. 믿질 않습니다. 아시지 않습니까. 미친놈 소리 듣고, 까딱하면 창피만 당합니다. 들어주지 못하는 부탁이니 그리 아시고, 이제 가 주셨으면 합니다.”

“……”

“존함이 어찌 되십니까?”

“〇〇〇입니다.”

“한 번 더, 한 자 한 자 말씀해 주십시오.”

“〇자, 〇자, 〇자입니다.”

“알겠습니다. 못 들어드려서 죄송합니다.”

“예. 잘 알겠습니다.”

“이제 몸뚱이에서 나가 주십시오. 미안합니다.”

“예. 후손 ○○○, 물러가겠습니다.”

필사 원고지 겉면에 이름자를 적어 두었습니다. 낯선 혼이 찾아온 때는 아침나절이었습니다. 친구의 집으로 가서 같이 노동을 했고, 밤이 되었습니다. 작년에 건강으로 마무리하지 못했던 《매디슨 카운티의 다리》를 필사하고 있었지요. 문득 아침에 찾아왔던 종손이라는 분이 생각났습니다. ‘또 찾아왔나, 아니면 마장인가’를 확인했습니다. ‘그래, 이름을 확인해 보자.’ 저의 영과 혼의 의견이었습니다.

예전에 구입해 두었던 책 몇 권을 꺼냈습니다. ‘경주 ㅎㅈ ○○ㅈ종가’를 뒤적여 봤습니다. 넘겨보니 제일 뒤편에, ‘종가의 일상과 종손의 문중 활동’에서 인터뷰를 한 페이지들이 있더군요. 읽어 보니 종손의 이름이 있었고, 확인해 보니 아침에 적어 둔 이름, 혼이 한 자 한 자 말해 준 이름과 같았습니다.

갑자기 싸한 느낌에, 한동안 가만히 앉아 있게 되더군요. 잠시 시간이 흐른 후 내려다본 두 팔에는, 더운 여름인데도 추위를 느낄 만큼 소름이 돋아나 있었습니다. 커피포트의 물을 올리고, 따듯한 커피를 천천히 마셔야 했습니다. 한 잔으로는 모자라, 한 잔 더 타야 했습니다.

궁금증 추적

며칠 후, 1박 2일의 일정으로 경주로 갔습니다. 그간 미루어 두었던 직전생의 몇 곳만은 둘러보고 싶었던 여행이었지요. 지나간 과거생의 부질없음을 알지만, 현생보다는 훨씬 치열하게, 바르게, 국가에도 제대로 살아 낼 수 있었던 직전생의 흔적을 사진으로 담아 두기 위함이었지요. 현생을 반성하고 힘들 때 살아 내기 위해, 마음을 독려하고 귀감으로 삼아서 저 자신에게 자극을 주기 위해, 가볍게 떠난 여행이었습니다.

친구나 지인, 기타 관심이 갔던 분들의 직전생들을 잠깐 잠깐씩 보곤 했습니다. 공통점은 직전생에 살아 내었던 모습들보다, 훨씬 낮고 편협된 현생을 살고 있음을 발견할 수 있었고, 불교 경전에도 예견된 말법未法 시대임을 납득할 수 있었습니다.

물질과 돈이 마음의 크기가 된 시대입니다. 상상도 못 했던 여러 가지 범죄의 유형과 종교분쟁의 프리즘들을 보면서, '왜 이리되었을까?' 생각도 해 보았지요. 추측은 가능했지만 그것은 하늘의 일이었고, 입을 여는 것은 구업口業이 될 수 있어 입을 닫기로 했습니다.

ㅇㄷ마을을 천천히 둘러보는 것만으로도 햇살이 기울어져 가고 있더군요. 그곳의 관광객들 또한 중국인들의 단체 관광밖에 없었

습니다. '저녁 식사를 같이 하자.'고 ㅂㅎ기획 ㅂ사장님께 전화를 드렸습니다. 오랜만에 외식과 산책을 할 수 있었지요. '내일 이곳 근처를 돌아봐야 할 곳이 있어 하룻밤 신세 지겠다.'는 제 말을 흔쾌히 허락하셨고, 덕분에 산책하며 경주 ㅅㄴㅇ의 얼굴들도 볼 수 있었습니다. 걸어 보니, 건강도 많이 회복되어 있었습니다.

다음 날, 직전생에 공부를 한 ㅈㅎ사와 칩거하며 집을 지은 곳도 둘러보았지요. 무상無常한 세월임은 맞지만, 저마다의 모든 끈들은 단절 없이 이어졌고, 그 인연의 끈들은 길을 따라 이어져 가고 있음을 길에서도 보는 듯했습니다.

7월 초의 어느날. 또다시 ㄷㅇ스님의 혼이 오셨더군요. 확인을 해 보니, 님의 혼도 동행하셨고요. 예의도 갖추어야 했고, 이유도 알아야 했습니다.

"예, 스님. 오셨습니까?"

"또 와서 죄송합니다."

"괜찮습니다. 어찌 오셨습니까?"

"육체를 한 번 만나 주십시오. 저는 ㅂㅈㅈ사⻖ 근처의 작은 절에 있습니다."

"ㅂㅈㅈ사 근처라 하셨습니까?"

"예."

"제가 알아서 판단하겠습니다. 제게 맡겨 주십시오."

"예, 부탁드리겠습니다."

“다른 것은 없습니까?”

“예, 없습니다.”

혼이 가신 뒤, 한 이틀쯤을 친구의 집일로 또 보냈습니다. 문득 ‘ㅂㅈㅈ사 근처’라는 말과 ‘참 못생겼다.’는 경주 ㅂ사장님의 말이 떠오르더군요. 어찌해야 하나…… 생각에 잠겼습니다.

갑자기 확인하고 싶은 생각이 들더군요. 내가 몰랐던 분, ㄷㅇ스님의 혼과 님의 혼이 왜 자꾸 오시는지, 알고 싶어졌습니다.

‘안 되겠다. 자꾸 미루지 말자. 알고 넘어가자. 자꾸만 혼이 같이 오시니…… 내가 힘들다. 그렇다고 자꾸 모르는 척 결례는 할 수 없고. 확인해 보자. 만나 보면 풀리겠지…….’

ㄷㅎ사에 전화를 넣었습니다. 무작정, ‘비구니스님이시고, 법명은 ㄷㅇ이신데, 어디에 계시는지 알고 싶다.’고 조심스레 물었습니다. ‘ㅇㅎ사에 계신다.’고 하더군요. 다시 114로 ㅇㅎ사 전화번호를 문의했습니다. 두 군데가 나오더군요. 먼저 전화한 곳은 갓바위 가는 방향에 위치해 있었고, ‘ㄷㅇ스님이라는 분은 안 계신다.’고 하시더군요.

두 번째 번호로 전화를 했습니다. ‘ㄷㅇ스님이 계신다.’고 했고, 위치를 물었더니, ‘ㅂㅈㅈ사 가는 길에서 ㄷㅎ사 방면으로 조금만 올라오면 된다.’는 답변이었습니다. 스님 혼의 말씀대로 ‘ㅂㅈㅈ사 근처’가 맞더군요.

내친김에 용기를 냈습니다. '도대체 어떻게 생기신 분이신지 확인을 하자.'는 생각에 전화를 드렸고, 찾아뵙기를 청했습니다. '누구냐?'고 물으시길래, '경남 거창에 있는 처사'라 말씀드렸고, 이름은 밝히지 못했습니다. '뵙고 말씀드리겠다.'고 양해를 구했습니다. 그렇게 약속 날짜와 시간이 정해졌습니다.

단아했던 ㅇㅎ사

드디어, 2016년 7월 8일. 참으로 오랜만에 낯익은 도로를 따라갔습니다. 점심시간을 약간 넘긴 시간에 쉽게 ㅇㅎ사를 찾을 수 있었지요. 아가씨가 '스님이 잠깐 출타하셨다.'며 곧 오실 거라 하기에, 법당에 인사를 드리고 기다리고 있었습니다. 다시 생각에 잠겼습니다.

'처음 보는 스님이면, 보살님 이름을 대보자. 혹 모른다고 하시면, 잘못 찾아왔다며 사과드리고 그냥 가자. 다른 방법이 없다.' 궁색한 변명을 미리 만들어 두고 기다렸습니다. 잠시 후, 오시는 인기척이 들렸고, 미닫이문이 열렸습니다. 고개 들고 확인부터 했습니다.

아! 그분이었습니다. 2000년 겨울, 인터불고호텔에서 행사를 마치고 운전하며 나오다, 창밖으로 스친 얼굴, 보살님과 버스정류장에 나란히 서서 대화하시던 얼굴, 제 영이 연상시켜 준 얼굴과 일치했습니다. 천천히 일어나 합장으로 인사했습니다.

"스님, 인사드립니다. 저는 2001년 초에, ㄷㄱ불교대학을 졸업한 ㄱㅅㅈ입니다."

"네……."

스님이 앉으셨고, 저도 따라 앉았습니다.

"저는 스님을 15년 전에, 인터불고호텔 근처에서 차를 운전하며 서행하다가, 스님을 뵌 적이 있습니다."

"ㅊㄷㅇ에 계시던 처사님 맞지요?"

"예. ㅊㄷㅇ에도 있었습니다."

"처사님, 알아요. 예전에 그곳에 있을 때, 내가 물건도 사러 갔었잖아요."

"아, 가게에도 오셨던가요? 저는 기억에 없습니다."

"……."

"저는 그때 빙의憑依되어 있었습니다."

"……."

'스님도 잘 아시는 스님의 혼이 저를 빙의시켜 죽이려고 한 범인이었지요. 어떤 부탁도 제가 거절한 적 없고, 많이 도와드린 그 스님은 그래서 그 대가로, 갑자기 목숨이 끝나 버렸지요…….'

잠시 홀로 생각했고, 기억에 없는 말씀을 꺼내시니, 시작부터 저의 말은 꼬이고 횡설수설이 되었습니다. 제 말을 건성으로 듣고 집중하시지 않는 기색에, 또 자리를 불편해하시는 것으로 느껴져 대화를 중단해 버렸습니다. 스님 얼굴은 확인했으니, 제가 찾아온 목적은 이미 이룬 셈이었습니다.

다른 화제로 자리를 마무리하려고 절 이름에 대해 몇 가지 여쭈었습니다. 동기와 중간 글자가 고쳐진 과정도 들을 수 있었지요. 의미심장한 절 이름이었습니다. 아시거나 느끼셨거나 모르고 지으셨는지는 모르겠지만, 저는 고개를 끄덕이며 감탄하고 있었습니다. 제가 알기로는 다가올 세상과 연결되었고, 거기에 딱 맞는 이름이었습니다. 스님의 인연과 혜안에 미소 지었습니다.

일어서기 전, 이런 말씀을 드렸지요. 두 손을 합장했습니다.

"스님. 스님의 혼이 자꾸 저에게 오시고 있거든요. 이제 오시지 마세요."

제가 고개를 숙이며 미소를 지었더니, '네' 하시며 합장하시고는 아무 말씀이 없으셨습니다. 그냥 받아 주시는 것이 많이 고마웠습니다.

절을 떠나며 현판을 눈에 넣었습니다. ㅇㅎㅅ. 연꽃이 빛나는 절! 저도 모르게 묘한 웃음이 지어졌고, 기분 좋게 ㅇㅎㅅ를 떠날 수 있었지요.

돌아오던 길. 참으로 편안하고, 지극히 고요했습니다. ㅇㅎㅅ, 그리고 스님. 제 기억 속 이미지에서 조금도 변한 것이 없었기에 평온했습니다. 횡설수설했던 얘기로 좋은 이미지는 못 드렸지만, 마치 친척이라도 만나고 오는 듯 흡족했습니다. 돌아오던 자동차도 경쾌하게 바람을 가르고 있었습니다.

좋아하는 음악, 러시아의 로망스들이 담긴 경쾌하고도 애잔한 CD를 넣고, 볼륨을 크게 높였습니다. 엉키고 풀리지 않았던 실타래가 풀리고 있었습니다. ㅇㅎㅅ에서 거창 가북의 저의 처소까지, 풀리고 풀린 실이 눈에 보이는 듯했습니다. 경유 차량의 배기가스까지도, 풀리며 따라온 실처럼 느껴졌습니다.

폐교에 도착하자마자, ㄷㅇ스님의 혼이 또 오셨더군요. 나누었던 대화가 너무도 또렷했기에, 용어까지 그대로 적어 봅니다.

"스님, 잘 다녀왔습니다. 저하고는 이제 안 오시기로 약속하셨지 않습니까. 어찌 오셨습니까?"

"죄송합니다. 꼭 해야 할 말이 있어서 왔습니다."

"예, 말씀하십시오."

"육체의 결례와 소홀함을 용서해 주셨으면 합니다."

"아닙니다, 스님. 응당 제가 들어야 할 말이었습니다. 기분 좋게 뵈었고, 기분 좋게 들었고, 이미지와 잔상, 돌아오던 길까지, 참으로 포근했습니다. 저도 고맙습니다."

"감사합니다."

이해를 돕기 위해

님! 이제 님의 이해를 돕기 위해, 혼魂과 영靈의 얘기를 조금 하겠습니다. 영靈은 보는 힘(능력)을 갖고 있고, 혼魂은 상대와 싸우기도 하고 보기도 하는 힘을 가지고 있습니다.

영과 혼은 육체가 살아 있을 때는 서로 떨어져 활동하는 독립의 존재들입니다. 저의 배움으로는, 육체가 죽게 되면 서로 떨어져 각자의 활동 영역에서 움직이던 영과 혼이 합쳐져서 영혼이 되는 것이지요.

영혼을 쉽게 혼이라고 줄여 씁니다. 혼은 생혼生魂(육체가 살아 있는)과 사혼死魂(육체가 죽은)으로 구분되며, 육체에서 공급받는 기氣로 인해 힘의 차이가 있습니다.

영은 보는 힘이기에, 무속인들의 신문 광고를 보면 영점靈点이라 표기됩니다. 무속인들은 자신들의 영으로 보는 것이 아니고, 대부분 사혼死魂에 연결되어 그들이 보는 것을 전달하는 것입니다. 그래서 무속인이 점을 보는 행위는 100%를 맞출 수가 없기 때문에, 점괘가 맞기도 틀리기도 하는 것이지요.

무서움은 거기에 있습니다. 100%이면 구업口業이 안 되지만, 그것이 아니기 때문에, 건건마다 구업이 생기고 업장이 많아질 확률이 높아집니다. 그런 의미에서 저는 무속인들을 많이 힘겨운 삶이라고 여깁니다. 무속인들의 기운을 신기神氣라 하는데, 이 신기는 대를 이어 내려갑니다. 신기를 제압하는 힘이 공부를 제대로 하시는 스님들의 법기法氣입니다. 법기는 대물림이 되지 않습니다.

영은 육체를 잘 떠나지 않지만, 혼魂은 수시로 육체를 떠나 활동하고 배웁니다. 영이 보는 능력이 어디까지인지는 저도 모릅니다. 공부의 깊이에 따라 다르기 때문입니다. 육신통六神通에도 차이가 있는 이치입니다.

흔히들 기독교를 '영靈의 종교'라 합니다. 혼魂이라는 말을 잘 쓰지 않습니다. 대비로 보면 불교는 '혼魂의 종교'입니다. 다음생으로 가서 사는 주체가 혼이므로, 기독교의 교리는 진실 여부에서 틀린 것이 됩니다.

종교 활동도 육체와 정신의 행行이기에, 육체가 죽으면 그 대가 代價를 받아야 합니다. 왜냐하면, 죽어서 결산되는 것은 행업行業입니다. 생각이나 믿음 또한 의업意業으로서 행업입니다. 신구의身口意 삼업三業이 모두 행업입니다.

영과 혼의 능력은 우리의 상상 이상입니다. 순간이동과 공간이동은 자유자재이며, 이동 속도는 빛의 속도와 흡사합니다. 세계 어느 공간에 있다가도, 1~2초 만에 목적지에 갑니다. 공간을 초월하기에 뇌 속으로도 들어갈 수 있고, 뇌 속을 다니면서 뇌에 저장된 과거의 일과 생각까지도 알아낼 수 있습니다. 우리가 마장魔障이라고 하는 나쁜 세계의 혼들도 마찬가지입니다.

혼들은 기氣를 가지고 있는 식물이나 동물과도 대화가 가능합니다. 몸의 언어를 몰라도 소통하며, 대화는 파동波動으로 주고받습니다. 몸의 3차원과 달리 성취한 공부 깊이에 따라, 혼이 활동하는 차원도 높아 갑니다.

혼들은 사람들의 뇌 속으로 들어가서 생각을 일으키게 하고, 잠을 잘 때는 꿈을 꾸게 합니다. 그래서 우리가 흔히 꾸는 꿈은, 혼의 장난이거나 혼이 뇌 속에 들어와 활동한 결과물입니다.

생각은 조금 다릅니다. 생각은 혼의 간섭이기도 하지만, 순수한 정신 활동의 결과물이기도 합니다. 정념正念은 생각도 바른 생각을 하라는 가르침이지만, 공부할 때의 가장 큰 가르침이 '생각하지 마라.'입니다. 공부할 때는 모든 것 내려놓고, 생각까지도 비워야 하는 것입니다.

혼도 나이가 있어, 젊은 혼과 오래된 혼이 있습니다. 추구한 삶에 따라, 물질계나 정신계의 등급이 정해지고, 혼이 속한 계界에 따라 상하上下의 계급도 생깁니다. 육체가 죽으면 모두가, 기氣의 세상으로 들어갑니다. 보이지 않는 세상 모두가 기의 세상이므로, 눈에 보이는 현실보다 무량할 만큼 크고 영원한 세계입니다. 영과 혼의 얘기는 대강, 여기에서 접겠습니다.

저는 기공氣功을 했기에, 기의 아주 작은 덩어리인 혼의 드나듦과 움직임을 금방 알아차립니다. 혼이 침입했다면, 몸 어디에 들어와 있다는 것을 인지합니다. 그래서 혼이 찾아오는 것을 매우 싫어합니다. 저절로 신경이 곤두서고 아주 예민해지니까요.

혼이 칩입하면, 적(마장魔障)인지 좋은 쪽인지, 육체가 아는 존재인지 모르는 존재인지 확인해야 합니다. 정체 분별은 금방 됩니다. 기공 수련 초기에는 침입자가 많았으나, 조금 높은 경지에 오르면, 혼들도 아예 조심스럽게 근처에만 옵니다. 모든 혼들은 계급이나 등급도 알기에, 법계法界의 법에 걸리는 행위는 거의 하지 않습니다.

저를 찾아오는 혼들은 세 부류가 있었습니다. 거의 다 살아오면서 만났거나 스쳤던 인연들이 있었고, 그 인연들을 연결 끈으로 하여 찾아오는 낯선 혼들이 있었고, 만난 적도 없는 나쁜 세계의 혼들도 드물게 있었습니다.

공부 초기에는 마장들이 많이 침입합니다만, 쏠리거나 지지 않고 좋은 방향으로만 가면 마장의 벽은 허물어집니다. 계속 단계를 높여 가면, 크게 도와주는 선신善神들이 옵니다. 저의 경우는 몸의 기능이 떨어졌거나, 불치라고 여긴 곳들이 고쳐졌습니다.

첫 번째 부류는 사과하러 오는 혼들입니다. 과거에 저를 속였거나 배신해서 악연惡緣으로 끝난 인연들입니다. 아이 엄마나 ㅊㄷㅇ 여자도 이 부류에 속하지요. 저는 사과를 절대로 받지 않습니다. 왜냐하면, 혼들은 계산하고 자신들의 미래를 알기에, 육체가 지은 악업

惡業을 조금이라도 줄여 보고자 오는 것입니다. 저에게는 그들의 과보에 영향을 주거나 결정할 수 있는 권한이 없습니다. 그래서 사죄를 받지 않고, '권한이 없다.'고 돌려보내거나 무시해 버립니다.

예외가 단 한 번 있었습니다. ㅊㄷㅇ에 있을 때, 제가 모든 부탁을 다 들어드렸던 스님이었지요. 그런데 그분의 혼이 저를 빙의시켜 죽이려 했습니다. 빙의를 시키는 것도 그 업에 대한 과보를 받습니다. 그 스님은 갑자기 목숨을 잃었습니다. 혼의 살인죄에 해당되었지요. 그 스님의 혼이 저를 찾아와, '제가 저지른 죄를 사죄드립니다.' 하시더군요.

제가 '어찌할까?' 저의 혼에게 확인해 보니, '목숨을 잃는 과보를 받았으니, 단순한 사과는 받아도 된다.'고 일러 주더군요. 그렇게 사과를 유일하게 한 번 받았습니다. 님도 너무나 잘 아시는 스님이었기에 법명은 입에 담지 못합니다. 그분은 지금 떠돌고 계십니다.

두 번째 부류는 부탁하러 오는 혼들입니다. 고교 동창이든 누구든, 육체가 알았는데 몸이 죽고 떠도는 혼들은 거의 다 찾아왔습니다. 부탁 내용은 대부분, '가족을 찾아 49재나 천도재를 지내게 해 달라.'거나, '육체가 불법佛法을 만나게 도와 달라.'는 것이지요. 육체가 착하게 살게 해 달라는 부탁도 물론 있습니다. 이것은 현실이 가능하면 협조합니다. 서로를 불편하게 한다거나, 제가 비난받을 경우라면 거절합니다.

이것은 겉으로는 작은 듯합니다. 천도薦度가 사혼死魂의 절대 소원이기도 하지만, 혼들의 미래가 달린 문제입니다. 그래서 그 가치는 돈으로 환산할 수 없을 만큼 큰 것입니다. 혼들도 기회라는 것을 알기에 찾아오는 것입니다.

들어줄 수 있는 부탁은 몸을 움직여 들어줍니다. 결국은 저의 시간과 돈만 들더군요. 한 번 움직임에 1백만 원쯤 지출된 경우도 있었습니다. 우습고 쓸쓸할 때가 많습니다. 그래도 상대의 그릇에 맞추어야 하기에 별수 없습니다. 제 주머니 사정이 허락되면, 살아서는 계속할 생각입니다. 왜냐하면, 육체로 할 수 있는 일이기 때문입니다.

세 번째 부류는 악惡의 세계에 있는 존재들입니다. 다시 말해 마장들입니다. 머리를 어지럽게 하고, 명치를 아프게 하고, 나쁜 생각을 일으키게 합니다. 처음에는 기氣로 물리치기도 했습니다. 악몽도 참 많이 꾸었지요. 자꾸 반복되니 부질없어서 참기 시작했습니다. 병을 약으로 쓰는 지혜를 터득한 셈이지요.

그러나 괴롭히는 존재들의 정체는 확인했습니다. 그들은 늘 6식識(의식意識)과 7식(무의식, 잠재의식)에서 활동합니다. 확인하는 순간, 8식(저장식, 아뢰야식)에 저장됩니다. 저장되면, 행업行業 결산의 근거가 되기 때문입니다. 다시 말해 복수가 가능합니다.

이 부류들은 대개 사이비 종교와 신흥 종교를 만든 교조教祖들이거나, 그들을 따르는 무리들입니다. 종교도 몸의 활동이라 행업行業이 되고, 몸이 죽어서도 끼리끼리 모여 존재하고 있는 것입니다. 이해를 돕기 위한 얘기는 여기에서 줄이겠습니다.

거부의 1개월

ㅇㅎㅅ를 다녀온 이후, 많은 것들이 명확해지더군요. 님과의 직전생 인연을 알고 있었던 제 머릿속은, 과거에 있었던 여러 일들을 회상했습니다. 골똘히 생각에 잠겨, '그랬었구나, 그랬었구나. 그래서 이리되었구나.'를 반복했습니다. 제가 의문을 품었던 퍼즐이 거의 맞춰져 있었고, 제 나름의 확인하고 싶은 것은 남아 있었습니다. 그러나 인연에 맡기고 있었지요.

제게는 이런 의문들이 있었습니다. 다른 인연들은 간단히 보는 것으로도 의문이 쉽게 풀렸고 과거사로 잊을 수 있었지만, 유독 님에게는 세 가지의 의문이 있었지요. 처음에 가졌던 의문은 '나는 왜 ㅂㅎ기획에서 그분으로부터 그런 말을 들어야 했던가?'였고, 두 번째는 '전생에 나는 그분과 무슨 인연이 있었는가?'였습니다. 세 번째 의문은, '그분은 왜 출가했는가?'였습니다.

두 번째 의문은 3년 전에 이미 풀어 버렸지만, 첫 번째와 세 번째는 확실히 풀지 못했습니다. 결과는 알고 있었지만, 과정은 모르고 있었습니다. 짐작은 할 수 있었지만, 과정의 진실을 확인하고 싶기는 했습니다.

직감적으로, '이제 내가 해야 할 숙제는 편지 쓰는 것인가.'를 느껐고, 읍내로 나가 편지지와 필기구들과 원고지 묶음을 구입했습니다. 다음 날부터 편지지를 무심히 보기만 했습니다. 눈에 띄는 곳에 두고 친구의 방 만들기 일을 마무리했습니다.

'편지를 써야 하나, 말아야 하나?'와 싸웠습니다. 며칠간의 밤마다, 그 싸움은 격렬했습니다. 님의 혼은 수시로 오시더군요. 찾아온 용건만은 들어 두었습니다. '육체를 만나 달라.'에서, '편지를 써서 육체가 사연을 알게 해 달라.'로 바뀌어 있었습니다.

날이 뜨거워지기 시작하여, 친구의 참선방 도배도 미뤄졌습니다. 바쁠 필요가 없는 일이었습니다. 님의 혼은 계속 오시고 있었고, 용건은 알아 두었으니 대화의 문은 닫고 있었습니다. 결정하기 전까지는 모른 척하자고 정해 두었습니다.

《매디슨 카운티의 다리》 필사는 계속되었습니다. 초복 중복이 지나갔지만 결정하지 못했습니다. 이윽고 필사는 끝났지만, 낮과 밤 모두를 시간 죽이기로 버텼습니다. 바둑 사이트에 들어가 바둑만 두었습니다.

님의 혼은 계속 오시고 있었고, 저의 버티기는 계속됐습니다. 육체에게 남은 것은 도리와 의무밖에 없었지만, 살아오면서 일찍 실패한 인생이라 이미 부질없다고 느낀 삶이었지만, '쓰는 것이 도리냐?'와 또 싸웠습니다. 제 혼과 영에게 묻고 또 물었습니다. 확인하고 또 확인했습니다. 대답은 늘 '쓰라.'였고, '편지를 써야 한다. 선연善緣이기에 육체의 도리를 다해야 한다.'로 서를 입박했습니다.

다른 부탁들을 돌아보았습니다. 다른 혼들이 찾아오면 한 번만 들어 보고도, 몸이 할 수 있는 부탁들은 다 들어주고 있었는데. 제 돈과 시간을 투입했었는데……. ㄷㅇ스님의 혼도 님의 혼과 같이 두 차례 오셨지만, 오시지 않기로 약속을 받아 두었기에, 모르는 척 결례하고 있었습니다.

3년 전, 울주의 조선소 그라인딩 노가다 현장에서 처음 찾아오신 님의 혼과 반복 방문을 추억했습니다. '편지를 쓰는 것도 숙명이냐?'며 제 혼에게 물었습니다. '숙명은 아니다. 모른 척 피해 갈 수는 있다. 도리를 하는 것이니, 숙명으로 받아들여라.'는 최종 답변이었습니다.

바둑만 두기는 계속됐고, '몸을 움직이지 않았으니, 이것 먹으면 내일까지는 살겠지.' 하며, 최소의 음식으로 버텼습니다. 날짜와 요일은 시간 죽이기로 인해 없는 날들이 되고 있었습니다.

빗장을 치운 혼과의 대화

무더운 어느 날 밤. 마침내 편지지 묶음을 옮겨 스탠드 조명 아래 두었고, 목욕을 하고 몸을 식힌 후, 스탠드 불빛 앞에 앉았습니다. 편지지를 펼치고 타이틀부터 썼습니다. '5백 년 만에 드리는 편지'. 부제도 이미 정해져 있었습니다. '왜 매디슨 카운티의 다리를 부쳐야 했던가'. 그것만 쓰고 팬티 차림으로 달빛 아래로 나갔습니다. 해발 높은 산촌의 폐교는 고요했습니다. 담배 연기도 폐부 깊이 넣었습니다.

다시 들어와 휴대폰의 달력을 봤습니다. 시작한 날을 알아 두기 위해서였습니다. 8월 9일. ㅇㅎㅅ를 다녀온 날 7월 8일로부터, 한 달이 막 지나 있었습니다. 달력 밑에 파란 글씨가 있었습니다. 칠석……! 견우와 직녀가 만난다는 날이었습니다. 묘하게 느껴졌습니다. 날짜조차 놓고 밤낮으로 바둑만 두다가, 문득 바라본 달력. 그 아래 작고 파란 글씨, 칠석. '허 참, 어찌 하필 이날인고. 묘하고 묘하구나…….' 제법 오래, 커피도 한 잔 끓여 앉아 있었습니다. 편지 쓰기는 그렇게, 아주 느린 속도로 시작됐습니다.

'그래, 알려 드리자. 나, 사심 없었고, 조금의 욕심도 없었으니, 부끄러울 것은 없다. 쓸 의무는 없지만 알고 있는 자의 도리는 되니, 지나온 인연의 세월을 풀어서 드리자. 삶을 다시 깊게 사실 수도 있으니, 민폐야 끼치겠는가. 직전생부터 나보다 훨씬 더 외롭게 사셨으니, 이 편지가 설마 손해를 끼치겠는가. 알고 사시는 것이 오히려 맺힌 것을 풀 수도 있지 않겠는가. 죽어서도 좋은 세상에 가실 것이니, 몸뚱이가 살아 있을 때 풀어 드리자. 그것이 맞다……'

편지 쓰기에 깊이 빠져들 무렵, 누군가 또 찾아왔습니다. 확인해 보니, 역시 님의 혼이었습니다.

"이제 쓰기로 결정했습니다."

"감사합니다."

"그동안 오신 것을 알았지만 대화의 문을 닫아 버린 것, 모른 척한 것 사과드립니다."

"아닙니다. 제가 자주 찾아온 것, 오히려 사과드립니다."

"제가 물어보고 확인해야 할 것들이 제법 있습니다."

"네. 물어보세요."

"님과의 전생 관계를 보며 세밀한 것까지도 다 파악을 했습니다. 일일이 확인해야 하니 질문이 길 수도 있습니다. 이해하시지요?"

"네."

"시간의 순서대로 묻겠습니다. 그게 서로 이해하기도 쉽고, 제가 메모하기도 쉬우니까요."

마침내, 닫았던 대화의 빗장을 열었습니다. 간혹 잠깐 열었을 뿐, 3년간 닫아걸었던 대화의 문이었습니다. 쓰던 편지지를 한편에 치우고, 질문을 메모할 노트를 펼쳤습니다.

"먼저, 14년 전이네요. ㅂㅎ기획에서 제가 님의 육체로부터 들었던 말이 있습니다. 알고 계시지요?"

"네. 알고 있습니다."

"그때, 님의 혼이 저와의 전생 관계를 알고 개입하신 겁니까? 육체가 그런 생각과 말을 하도록, 혼이 작용하신 것입니까? 저는 많이 궁금했습니다."

"네. 개입했습니다."

"됐습니다. 하나는 풀렸습니다. 저는 그때, 단지 과분하여 자격이 없다고 자리를 피했습니다. 아시지요?"

"네."

"3년 전쯤, 울주군 조선소 있을 때의 여름입니다. 혼이 처음 오셨을 때, '다 알고 있다.'고 하셨습니다. 제가 어찌 살아왔고, 누구를 만났고, 어떤 마음으로 만나고 헤어졌는지를 알고 계셨던 겁니까?"

"네."

"제 뇌 속에 들어오셔서 조사하고 다 파악하셨기 때문에, '다 알고 있다.'고 하신 건가요?"

"네."

"알겠습니다. 그 의문도 풀었습니다. 이제 전생으로 넘어가겠습니다. 직전생만 보았습니다.”

“…….”

“직전생에서 님을 처음 만났을 때가 저는 25살이었습니다. 님은 그때 몇 살이셨지요? 저보다 조금 연상으로 나오던데요.”

“네. 29세였습니다.”

“일찍 홀로되셨지요?”

“네. 17살에 혼인을 했고, 24살에 홀로됐습니다.”

“아이가 하나로 나옵니다.”

“네. 홀로되었을 때 아이는 7살이었고, 사내아이였습니다.”

“홀로된 원인을 보았더니, 사고사와 탁족으로 나옵디다.”

“네. 아이 아빠가 물놀이 갔다가 미끄러운 돌에 미끄러져 머리를 다쳤고, 그 자리에서 절명했습니다.”

“아이의 아빠가 놀기를 아주 좋아하신 걸로 나옵니다.”

“네. 술 좋아하고, 놀기 좋아하고…… 선비가 해야 할 공부는 아주 소홀했습니다.”

“가족들과 함께 물놀이 갔습니까?”

“아닙니다. 친구들과 같이 갔었습니다.”

“기생들도 있었던 걸로 나옵니다. 그래서 물었습니다.”

“네. 그런 자리였다는 걸, 저도 처음에는 몰랐습니다. 나중에 마을 사람들로부터, 기생들과 놀던 자리였다는 얘기를 들었습니다.”

“절에는 언제부터 다니셨나요?”

“3년 탈상 후부터 절에 다니기 시작했습니다.”

“29살에 저를 처음 만나셨다고 하셨지요. 제가 먼저 찾아갔습니까?”

“아닙니다. 제가 아이를 앞세워서 찾아갔었지요.”

“전생에서 우리는 몇 번 얼굴을 대면했지요?”

“두 번이었습니다. 두 번 다 제가 아이와 같이 찾아갔습니다.”

“서찰을 몇 번 주고받은 걸로 나옵니다.”

“네. 서로 주고받은 것이 5번씩입니다. 제가 먼저 서찰을 전해 드렸지요.”

“서찰을 서로 주고받은 것, 5년 세월이 조금 넘었지요? 6년은 채 안 되고…….”

“네. 가을마다 한 번씩 서찰이 오고 갔지요. 제가 보낼 때마다 반드시 답장을 보내 주셨습니다. 그것이 많이 고마웠습니다.”

밤이 깊어지고 있었습니다. 대화의 빗장이 열리니, 혼과의 대화는 물 흐르듯 흘렀습니다. 취조하듯 제가 물었습니다. 제가 알고 있는 것이 맞는가 확인하고 싶었기 때문이었습니다. 커피를 다시 끓이는 짬도 가졌습니다. 대화는 다시 이어졌습니다.

“언제 출가하셨습니까?”

“39세였습니다. 아이가 열아홉에 장가갔고, 22세가 됐던 해에 출가했습니다.”

“손자 손녀 남매로 나옵니다. 손자 손녀 둘 다 눈으로 보실 수 있었나요?”

"아닙니다. 손자 하나를 보다가 출가를 택했지요."

"제가 시주물을 청도로 보낸 것으로 압니다. 받으실 수 있었습니까?"

"네. 출가한 지 6년째, 늦은 봄이었지요. 갑자기 저를 찾는다는 전갈이 왔더군요. 산문 밖에 나가 보니 수레도 있었고…… 많이 놀랬었습니다."

"……."

"참으로 고맙게 받았습니다. 6년이 다 되어 가던 절집의 날들이었는데…… 큰 격려가 되었지요. 그때부터 정말 밝게 정진할 수 있었습니다."

"법명이 '기쁠 희'에 '닦을 수' 였습니까?"

"네. 맞습니다."

"희수喜修 스님이라…… 기쁨을 닦는다, 기쁘게 닦는다. 참 예쁜 이름이었네요."

"네. 맞습니다. 저에게 딱 맞는 법명이었지요. 또 그렇게 정진해야 했고요."

"몇 세에 입적하셨습니까?"

"59세 가을입니다."

"죽어서는 좋은 데 계셨지요?"

"네."

"저도 죽어서 좋은 세계에 있었습니다."

"압니다."

잠시의 침묵이 흘렀습니다. 흡연 욕구가 올라왔습니다. 아직 질문이 끝나지 않았기에, 님의 혼에게 양해를 구했지요. ‘담배는 냄새도 납니다. 소변도 빼야 합니다. 보여 드리기도 민망하니 따라오지 마십시오.’ 대답이 없었습니다. 담배 한 개비를 들고 달빛 아래로 나갔습니다. 뜨거운 낮과는 달리, 제법 시원한 바람이 아랫도리를 지나갔습니다. 볼일을 보면서 내가 어리석다는 생각에 조금 우스워지더군요. ‘지금, 님의 혼이 이 몸에 들어와 있는데, 따라오지 마시라.’ 했으니까요. 보아도 할 수 없었습니다.

“하던 질문 계속하겠습니다. 하나 있던 어린 손자를 보다가, 출가를 하신 것. 참으로 어려운 결정이었으리라 생각됩니다.”

“네. 참 힘든 결정이었지요.”

“계기가 있었겠지요?”

“네.”

“자, 이제, 예민한 질문 들어갑니다. 진실을 밝혀 주셔야 하고요. 제가 알고는 있습니다만, 님의 혼께 직접 들어야겠다고 생각했습니다.”

“…….”

“출가의 원인이 저에게 있었지요?”

“네.”

“저를 은애하셨습니까?”

“네.”

“저는 전혀 몰랐습니다. 한양에 있으면서 경주를 잊을 만큼, 매일매일이 바빴으니까요. 은애하시게 된 계기가 있었습니까?”

“서찰이 몇 번 오고 가게 되니, 자연스레 마음에 담기더군요. 서찰 내용들이 자상하고 섬세한 데다, 형편을 걱정해 주시는 진심이 참 따스하게 들어왔습니다. 일찍 떠난 아이 아빠와는 너무나 달랐습니다.”

“이해됩니다. 제가 보니 다른 것도 있더군요. ‘유혹’도 나오고, ‘침입’도 나오던데요?”

“아이랑 자다가 남자의 침입이 있었습니다. 얼굴을 보니 남편의 친구였지요. 많이 놀랐었고, 그다음부터는 늘 아이와 같이 기거하며 조심했습니다.”

“유혹도 나오던데요. 어떤 유혹이었습니까?”

“하녀로부터 편지를 하나 건네받았습니다. ‘멀리 같이 떠나 버리자.’는 내용이었지요. 아이와 같이 자던 방에 침입을 했던 남자, 남편의 친구였습니다.”

“…….”

“세월이 흐르면서, 다른 사람들과 선비님이 자연스럽게 비교되더군요. 아는 사람들의 얄팍한 속내에 지쳐 갔습니다. 남편 친구마저 그러니, 사람들과 삶 자체가 싫어지더군요. 한양으로 가신 뒤에는 더 많이 허전해지기 시작했습니다. 1년에 한 번의 감사 편지도 쓸 일이 없어졌으니까요. 그래서 가끔씩, 선비님의 서찰을 꺼내 보곤 했습니다. 선비님의 나이는 몰랐었지요. 아이에게 물어보지는 못했으니까……. 한양으로 떠나신 지 3년이 지나니까, 정말 많이 힘들어지더군요. '나는 왜 이렇게 힘든 운명이 되었나…….' 그때부터 절에 더 자주 가게 되었습니다."

"출가에 대한 고민의 기간은요?"

"출가하기 1년 전쯤부터였지요. 결정하기까지 1년이 걸렸습니다."

"이것도 저에게는 중요한 질문입니다. 출가하시고 나서, 6년 후에 시주물이 도착하고 난 뒤, 은애하셨던 마음을 누구에게 얘기했었나요?"

"네. 얘기했었지요. 뒤늦게 시주물이 도착하고 나서, 절집의 화제가 되었습니다. 이름만으로도 많이 알려진 선비님의 시주물이었으니까요."

"얘기를 꺼낼 수 있었던 대상이, 현생의 ㅇㅎㅅ ㄷㅇ스님 맞습니까?"

"맞습니다. 아주 친했고, 저를 이끌어 주셨지요. 시주물을 계기로 물으시길래, 속내까지 다 털어 낼 수 있었습니다."

"감사합니다. 이제, 가장 중요한 질문을 하겠습니다. 입적하시면서, 은애의 감정을 놓으실 수 있었습니까?"

"못 놓았습니다. 죽어 가면서 돌아보았지요. 의식을 잃어 가면서도 선비님의 얼굴이 떠오르더군요. 그리고 다음생에 같이 살고 싶다는 생각도 했습니다."

"답변, 정말 감사합니다. 제가 가장 궁금했던 것이, 이 질문이었습니다."

“……."

“저는 2002년 초, 님의 육체로부터 그 말을 들은 이후, 살아온 이력을 다 돌아보았고, 어떤 잘못을 했는가도 파고들었습니다. 기억할 수 있는 건 다 살피고 보았지요. 만나 온 인연들을 남녀 구분 없이 살폈습니다. 특히 님으로부터 들은 말도, 반드시 이유가 있을 거라고 여겼습니다. 그래서 님과의 인연 관계는 가장 나중에, 누구와도 비교할 수 없을 만큼 가장 세밀히, 가장 오래 들여다보았습니다. 님의 말은 제 속에 깊이 들어와 있었습니다. 저로서는 갚아야 할 큰 빚이었으니까요. 하나만 더 묻겠습니다.”

“네.”

“그 이후, 님의 한마디 말을 대신 전해 주신 ㅂ사장님까지도 고마워 형님처럼 여겼고, 그때부터 제가 님을 은애하게 되었다는 것은 알고 계신가요?”

“처음에는 마음이 복잡하셨지요. 처사님은 그때, 제가 너무 부담이 되니까, 마음속으로는 저의 건강을 억지로 끌어와 거절의 이유로 삼으셨잖아요. 제가 버스에서 급브레이크에 다쳐, 몸을 회복하고 있던 상태에 있었고요…….”

“예. 그 말씀 인정합니다. 제가 그런 생각을 한 적이 있습니다. 그 잠깐의 생각도 알고 계시니, 그러면 제가 알게 된 상식에서 물어보겠습니다. 혹시, 제 뇌 속에 들어오셔서 얻은 정보입니까?”

“맞습니다. 어떻게, 어떤 마음으로 사셨나를 알려고 처사님의 뇌 속을 다 다녔습니다. 그 이후로는 저를 점점 은애하시게 됐지요.

그건 압니다.”

“감사합니다. 오늘 처음으로 대화를 길게 했습니다. 궁금했던 것도 다 풀었습니다. 많이, 진심으로 감사드립니다.”

“제가 더 감사드립니다.”

“마지막 질문입니다. 저에게 바라는 것이 있습니까?”

“네. 있습니다.”

“무엇입니까?””

“○○의 ○○입니다.”

“예!? ○○의 ○○이라 하셨습니까?”

“네.”

“감사합니다. 너무나 감사합니다. 제가 묻고 싶었고, 확인하고 싶었던 질문은 여기까지입니다. 보이는 저 편지를 쓰면서도, 부칠지 못 부칠지는 저도 확실히 모릅니다. 쓰고 나서 전체를 천천히 읽어 보고, 님의 육체에 민폐가 되지 않아야 부칠 수 있을 겁니다. 그리고 방금 하신 5자의 말씀을 육체에 차마 밝힐 수는 없습니다. ○○의 ○○으로 표현해도 되겠습니까?”

“이해는 합니다만, 그대로 쓰시면 좋겠습니다.”

“이해해 주십시오. 육체들은 혼에 비해 너무 모르고, 또 너무나 모자랍니다. 육체가 아무리 열심히 공부해도, 습득 능력과 습득 소요 시간이 겨우 혼의 10분의 1쯤입니다. 언제일지 모르지만 육체를 만나게 되면, 육체를 만나고서도 육체가 물어 오시면, 그때 진지하게 5자의 말씀을 알려 드리겠습니다. 그리해도 되겠습니까?”

“알겠습니다. 지금까지 제 입장에서만 선택해 오셨으니, 제가 처사님의 고집과 자존심을 꺾어 달라고 할 수는 없겠지요. 그렇게라도 해 주셨으면 합니다.”

“예, 감사합니다. 그리하겠습니다. 이제 오시더라도 모르는 척하거나, 대화의 문을 닫지 않겠습니다. 오신 이유는 늘 확인하겠습니다. 세월을 놓고 있다가, 편지를 시작하며 알았습니다. 오늘이 마침 칠석날이었네요. 답변, 감사하고 또 감사합니다.”

“네. 제가 많이 감사하고 감사합니다.”

“빛의 속도로 가실 것이니, 배웅 못 합니다. 잘 가세요.”

“네. 편지 써 주심에 깊이 감사드립니다.”

“가치와 보람이 있는 글을 쓰면 뿌듯함이 되거든요. 저도 감사드립니다. 살펴 가세요.”

“네.”

님! 님의 혼과 나눈 대화의 순서와 내용은 이러했습니다. 제가 메모를 하며 대화했기에, 이렇게 다시 편지 쓰는 것도 가능했지요. 빠트리지 않고 충실할 수 있었습니다.

님과의 전생 관계를 알고 난 뒤, 죽음을 준비하고 기다리며 필사를 하면서도, 더러 님이 그리웠습니다. 그러나 어쩔 수 없었던 현실이자 선택이라 여겼기에 후회는 하지 않았습니다. 은애에만 머물렀고, 더 이상의 욕심은 갖지 않았기 때문이었습니다.

님과 저의 이런 전생 관계 또한 특별히 드문 경우도 아니더군요.

제가 아는 지인이나 친구들, 친척들 중에서도 이런 인연들이 더러 있었습니다. 4커플 정도가 있었고, 그들은 참으로 무난하거나 사이좋은 경우였습니다. 그래서 사이는 좋지만, 서로가 얼마나 귀한 인연인 줄 모르면서 살 뿐이었지요. 육체들의 사랑에도 낭비하는 요소들이 참으로 많다는 것도 관찰할 수 있었습니다.

은애隱愛에 대한 소회

님! 저와 님의 인연을 님은 어떻게 느끼십니까? 저는 선연善緣으로 느꼈습니다. 이런 사연이 숨어 있음을 몰랐던 불교대학 도반 시절에도 이상한 끌림은 있었지요. 졸업 후 아주 가끔씩 뵈었을 때에도, 자꾸만 시선이 가는 이상한 끌림은 ㅊㄷㅇ가게에서도 마찬가지였습니다.

돌아보면 서로가 관심을 가졌지만 표현을 못 하는, 은애가 아니었을까 여겨집니다. 가슴으로 몰래 하는 사랑인 은애는, 자연스러운 감정이자 아름다움이라 생각합니다. 그 은애를 서로 확인하고 용기 있게 선택해야, 동행의 길로 나아갈 수 있겠지요. 책임도 아직 없는 초기 단계의 사랑이 은애이니, 일방적이기도 합니다. 상대에게 민폐는 끼치지 않으면서 속으로 갈무리를 하게 되니, 오히려 상처에 가깝다고 생각합니다.

아름다운 상처는 아픔을 주는 생채기가 아니라, 아름다운 추억을 주는 훈장 같은 것이라고 저는 믿습니다. 스스로가 웃으며 언제나 돌아볼 수 있는 것은 아름다움입니다. 돌아보기 싫고 돌아볼 수 없는 것은, 잘못 살아온 시간이자 자신들의 잘못이었다고, 저는 무조건 판정합니다.

어제의 모습이 은애였고, 오늘의 모습이 떳떳하게 바라볼 수 있는 진심이면, 내일의 모습은 아마도 사랑이 아닐까 짐작합니다. 저는 세종시에서 노가다를 하면서 처음으로, 심수봉 씨의 〈백만 송이 장미〉를 들었습니다. 노랫말을 접한 순간, 저를 가르친 잠언으로 다가왔습니다. 세상을 살면서 남들에게 했던 행위들이 모여 백만 송이가 된다면, 노랫말처럼 고향인 별나라로 다시 갈 수 있음을 알고 있었기 때문이었습니다.

은애가 허물 벗기를 거듭하면서 철이 들어야, 제대로 된 사랑에 근접한다고 생각합니다. 제 주위를 보거나 제 경험을 보더라도, 서로를 제대로 사랑하는 사이는 정말 드물었습니다. 사이는 좋지만 잘 가꿀 줄도, 다스릴 줄도 모른다고 느꼈습니다. 사랑은 이해와 희생이라는 말도 있더군요. 그것은 잘못된 주장이라고 저는 해석합니다. 이해와 희생의 관점은 상대가 아니고 자신이기에, 계산의 속성을 갖고 있어 순수하지는 않다고 이해합니다.

저의 잘못들을 알게 된 후는 이미 홀로 되어 있었고, 《매디슨 카운티의 다리》라는 영화와 책, DVD를 만났습니다. 사랑을 새롭게 배워야 한다는 것을 느꼈습니다. 매디슨 카운티의 사랑. 그들의 사랑 중심은 내가 아니었고, 늘 상대였습니다. 그래서 제게는, 흔한 불륜 영화가 아니라 사랑 영화로 다가왔습니다.

무엇 하나 상대를 구속하게 하는 것은 없는가를 살피는 것. 그리고 아프도록 기다려 주는 것. 그래서 저는 사랑이야말로, 상대에

대한 끝없는 배려이고 실천임을, 상대에 대해 무엇 하나라도 절대
로 욕심내지 않는 것임을, 영화와 실패한 제 경험을 반추하며 배웠
습니다.

하늘을 보며……

님! 이 글은 현생에서 제가 처음으로 쓰는 글입니다. 왜냐하면, 절을 나오기 전 과거와 이별하고, 꾸밈이 섞인 지난날의 글들을 모두 태웠기 때문입니다.

이제 마무리를 하려 합니다. 이 글은 2002년 이후, 시간의 흐름에 따라 경험하고, 있었던 일만 회상했습니다. 님께 많은 말들을 한 것 같습니까? 님과 관계된 것은 모두 표현해 보려고 애썼습니다만, 저에게 찾아온 기연奇緣들의 극히 일부분일 뿐입니다. 어느 한 부분을 빠트리면 전개상의 건너뛰기로 이해하시기에 쉽지 않아, 최대한 간단히 요약했을 뿐입니다.

숨기고 또 숨겼습니다. 드러내어서 많은 피해를 봤던 젊은 날이 있었기에, 드러내지 말아야 할 것에 가장 유의했습니다. 2% 정도의 드러냄은 될 수 있겠지요. 3%는 절대 안 됩니다.

님! 이 편지를 쓰는 동안 울컥한 적이 몇 번 있습니다. 님의 혼은 거의 매일 오셨기에, 님의 혼도 더러 우셨음을 압니다. 님이 꼭 아셔야 할 것이 있습니다.

님이 이 편지를 읽으시도록 쓰게 하신 가장 큰 힘은, 님의 혼의 노고였습니다. 님의 혼이 흔하디흔한 장삼이사의 혼이었다면, 제가 들을 수 있었겠습니까. 그 무더운 여름, 울주의 어느 조선소에서 있었던 3년 전 님의 혼의 첫 방문으로부터, 육체를 위해 움직이신 님의 혼께 님은 가장 감사하셔야 합니다. 더불어, 늘 동행하시고 님의 혼을 위해 움직이신 ㄷㅇ스님의 혼께도, 님은 감사드려야 한다고 생각합니다.

님의 혼과 육체 모두, 현생을 잘 살아 내시고 있다고 판단했기에, 이 편지를 쓰기로 결정할 수 있었습니다. 2002년 초 님에게 지게 된 말빚. 그 부채에서 이 글은 시작됐습니다. 고마워서 연모하게 되었고, 그 대상이 다행히 님이었기에, 이 편지 쓰는 시간들이 아깝지 않았습니다.

이 편지로 인해 원금의 절반 정도는 갚았다고 생각합니다. 몸이 살아 있으면, 나머지 절반의 갚는 방법들을 모색하지요. 이자는 죽어서 방법이 있으면 갚겠습니다. 나쁜 세계에서는 죽어서도 갚기가 어렵지만, 좋은 세계에서는 쉽게 갚을 수 있음을 알았기 때문입니다.

님! 이 편지는 연서戀書입니다. 제대로 된 연서입니다. 연서는 흔히들 꾸미고 과장합니다. 욕심과 계산도 들어갈 것입니다. 그러나 저는, 결코 꾸미지 않았고, 과장하지 않았고, 수치와 순서까지 하나하나 확인했습니다. 님의 혼과도 진실을 확인하며 솔직했으니, 제대로 된 연서입니다. 현생에서, 다시 몸이 살아서, 죽음을 4번이나 넘긴 기연들을 만나고, 쓸 수 있었던 연서입니다. 영광입니다.

경험으로 얻는 깨달음은 자기의 것이 됩니다. 작은 깨달음도 분명한 깨우침입니다. 작은 각覺들이 모여서 강물이 되고, 흐르고 흐르면 바다에 이르겠지요. 나한羅漢님들의 각들이 그러했고, 여래의 각 또한 그러했으리라 믿습니다.

님! 이제 힘을 내려고 합니다. 웃으면서 살아가려 합니다. 양지바른 양택은 못 되더라도 푸른 날靑日이라는 호를 받았으니, 힘을 내라는 스승님의 가르침이자 당부라 생각하며 힘을 내려 합니다.

천착했던 님과의 인연을 풀었으니, 다른 숙제를 이제 가지려 합니다. 4번이나 넘기며 '살아난 이유'입니다. 이유가 있으니 살아날 수 있었겠지요. 어쩌면 '거듭 제대로 살아 보라.'는 하늘의 뜻이거나, '해야 할 일'이 있는지는 모르겠습니다. 해야 할 일이 있다면, 목숨을 걸어서 할 생각입니다.

님! 프로스트의 〈가지 않은 길〉이 생각납니다. 걷지 못했던 길이 있었기에, 다시 찾으며 걸을 것입니다. 올해 안으로 이곳을 떠나려 합니다. 좋은 인연들이 아직은 남아 있습니다. 내년부터는 새로운 곳에서, 나이와 체력에 걸맞은 새로운 일들을 하면서, 거듭 살려 합니다.

이 비가 그치면, 어젯밤부터 '우보익생만허공 중생수기득이익……'을 외우고 외우며, 어둠 속에서 바라보았던 이 비가 그치면, 하우스와 처소를 찾아 떠날 것입니다. 걸을 수 없었던 해인사 소리길도 완보해 볼 것입니다.

도리와 의무의 길을 걷는 것. 저에게 남은 길입니다. 걷다 보면

길고도 먼 그리움은 있겠지요. 《매디슨 카운티의 다리》 영화 속에 있던 낙타고개길을 떠올리며, 더러는 쉴 수도 있겠지요. 일생을 넘는 세월이라도, 도리와 의무의 중심은 상대이기에, 사랑이 될 수 있을 것이라 생각합니다.

사랑은 의무이자 책임이기에, 사랑으로 사셨던 존재들을 우러르며, 인간들의 이야기는 잊으려 합니다. 사람의 길을 찾으려 합니다. 그 길을 찾는 것도, 걷는 것도, 기다림일 것입니다. 그 기다림이 끝나면, 이 세상에 왔던 이유 또한 끝나리라 믿습니다.

님! 고맙습니다. 늦게나마 조금 철이 들어, 처음으로 편지라는 글을 쓸 수 있었고, 그 글을 받는 분이 님이라는 것이 다행이었고, 행운이었습니다. 님, 많이도 고맙습니다.

2016年 8月 28日

4부   부치지 못한 잡문雜文

물안개에게

빛이 달라 다른 길로 나서니 너의 마중 있었구나.
어지럽도록 사악한 세상의 거짓과 가짜에,
지친 나를 달래려고 이벤트를 준비했구나.
네 뜻 알고 굽어본 새벽은 감사와 기적이었구나.
연모와 환희가 섞인 화엄 세계에 내가 있었구나.

광명 아래 드러날 도적 떼들의 거짓과 위선을,
잊고 하루 즐거우라고 새벽부터 나를 기다렸구나.
청명한 하늘 믿고 인간으로 힘껏 살아 내라는,
천지신명이 모두 아신다는 너의 편지였구나.

갈증의 땅을 비로써 다시 풀어 주려고,
새벽에도 명을 받아 하늘로 올라가고 있었구나.
작은 힘 서로 보태는 인간 소양도 점검하면서,
그리움 하나라도 품고 살라고 다독이러 왔구나.
아프지 않고 사는 것도 기적이니 감사하라고,
결핍도 만족하면 행복임을 다시 알아라 했구나.

남은 세월 행여 찾던 님을 만나면,

눈부신 빛으로 알아 오직 존중하라던 당부였구나.

물질계 돈보다 귀한 가치를 공유하며 살라고,

쓸쓸해하던 나의 어깨를 쓰다듬으러 왔구나.

다음생 떳떳이 가져갈 행과 지혜를 같이 찾다가,

힘들었던 등산 끝내고서 손잡고 같이 오라고,

물안개처럼 돌아감을 거듭 가르치러 왔구나.

2025年 6月 29日

거래去來

어느 봄날, 빈 화분 하나가 내게로 왔다.
친구가 직접 가져온 화분, 집사람의 심부름.
큰 살림과 집도 줄였다 했다.
줄이고 줄인 살림에서도 너무 아까워,
용케 살아남은 화분이었다.

한때는 다육이라는 마약에 빠져,
주말이면 부부 나들이로 나선 다육이농장 순례.
인터넷 탐색 후 예쁜 화분 주문은 기본이었다.
나이 들어 중심지에서 팔공산자락 작은 아파트로,
살림살이 줄이기를 과감히 했고,
선별한 살림 점검에서도 면접 없이 통과했다던 화분.
길거리 다육 장사를 시작했다는 나의 전언에,
끝내 살아남았던 그 화분이 내게로 왔다.

다육이의 성정性情을 뒤늦게 알고 보니,
마약이라는 비유는 아주 적절했다.
살아 내는 방식과 요구 조건의 검소함,

성장하며 표현하는 소통의 방식,

세상과의 이별 방식을 들추듯 오래 들여다보았다.

육십 중반의 호구요 빈털터리 남자,

나도 빠져 버렸다.

친구를 보내고 나서 더러 웃었다.

눈에 띄는 곳에 편안하게 모셔 두었던 화분.

볼 때마다 웃음이 헛방귀 나오듯 살아나곤 했다.

얼마나 짠하고 찌질이로 보였으면,

다육이 장사 밑천에 도움 되라며,

바깥양반을 시골까지 배달시킨 배려라니.

소품화분도 줄이고 줄였다던 최종 심사에서도,

놓지를 못해 끌어안고 살다가,

장사 시작했다는 전언에 그 화분을 내게 보낸 마음.

그래, 그 마음 알아주어야지.

보석 같은 마음이니 가꾸어야지.

서로가 통화한 적 없어도,

친구의 조사弔事 때 한 차례 보았어도,

친구의 입을 통해 나를 심려하고 있었구나.

배달된 마음에게 아주 활짝 웃어야지.

화분을 받은 지 7개월 만에,

근무지로 오라며 내가 전화한 친구는,

19세부터 46년의 세월을 서로 쌓은 사이.

봄에는 집사람이 가라 해서 나에게 왔고,

오늘은 내가 오라 해서 갑자기 오고 있다.

오늘은 나의 음모陰謨가 숨어 있다.

무슨 심부름을 하게 될 줄도 모르면서,

오고 있다는 전화에 화분을 사진으로 남기고,

보이지 않게 탁자 밑으로 화분을 숨긴다.

나만 재미있어 실없이 킥킥거린다.

처음으로 친구에게 시켜 보는 심부름.

와 봐야겠다는 말에 바로 오케이.

왕복 거마비는 먹고 싶은 것 사 주기로 했으니,

컴컴한 심부름이지만 제대로 시켜 봐야지.

자꾸만 킥킥킥킥, 웃음 참기가 어렵다.

홀로 킥킥거리며 머리에 꽃 꽂은 남자가 된다.

친구야, 맺힌 것들 돌아보며,

풀어 가야 하는 나이가 되었다.

다육이를 가져가서 또 야단맞지 말고,

오늘 밤은 집사람을 위로해 주시라.

나를 의지하고 지금껏 살아 줘서 너무너무 고맙다고,

정식으로 인사하시라.

살면서 차가워진 손과 가슴을 따듯하게 데워 주시라.

오늘 아픈 곳은 어디냐며 안마도 해 주시라.

매일 그렇게 누님 대하듯 따사롭게.

답변에 더러 예도 섞어 보기를.

길어지는 밤마다 토닥여 주면 밤도 짧아질 거야.

정성으로 그리하면 몸도 녹겠지.

피로도 풀리면서 뜨거워질 거야.

그다음은 친구야, 알고 있는감?

그래 그래. 그거.

오랜만에 시를 쓰며 사랑법을 가르치는 나도 우습다.

사랑은 디테일에 있음을 친구는 알까.

속이지 않고, 내숭으로 감추지도 않고,

감정도 앙금도 제대로 표현하며 사는 것이,

사랑의 디테일이자 완성으로 가는 과정임을.

영문도 모르고 오고 있을 친구는 모른다.

모를 것이 분명한 경상도 남자다.

친구를 기다리는데 자꾸만,

킥킥거리는 웃음에 의자도 따라 들썩거린다.

친구를 위해 빈다.

오늘의 심부름은 제발, 야단맞지 않기를.

2021年 11月 29日

*** 덧붙여.**

"그걸 왜 가져왔는데?"

"몰라. 무조건 갖다주라 해서 갖고 왔지."

"작은 화분들까지 다 정리했다면서. 마지막 남은 화분이 이건가?"

"응. 진짜 아끼고 아끼던데."

"아끼던 걸 왜 갖고 왔는데. 부담스럽잖아."

"내가 힘이 있나. 가라 하면 가고, 시키는 대로 해야지."

"뭐라? 기가 막힌다. 나이 들면 그리된다 하더만, 니도 벌써 그리됐나?"

"그래. 그리돼 뿌따."

"아이고, 노인장이네. 그라마, 나도 노인이네."

커피를 끓여 나온 마당에서 나눈 대화였다. 화분도 겹겹의 신문지로 싸여 박스에 담겨 있었다. '그리돼 뿌따.'는 말에 서로가 소리 내어 마당 가득 웃었다. 친구가 퇴직하고 나서 집사람 심부름이라는 전문직을 갖게 되었다는 것을 비로소 알았다.

친구가 오는 동안 시를 쓰면서 낄낄거렸다.

시를 쓰고도 웃었다. 앞으로 친구 집사람은 화분을 볼 때마다 우습고, 나는 이 시를 눈팅할 때마다 웃음이 날 걸 미리 생각하니, 또 우스워진다.

오고 감의 거래로 서로가 웃을 수 있는 좋은 추억을 만들었으니, 무얼 또 바라겠는가.

친구와 시간을 보내다가 도로가 막히기 전에 돌아가라 했다. 그러고는 숨겨 둔 화분을 꺼냈다.

"이거, 갖고 가란 말이가?"

"그래. 간짜장과 만두, 커피 두 잔과 고구마까지 묵었으니 심부름은 해야지."

"아, 또 화분 받아 왔다고 야단맞으면 안 되는데."

친구가 떠났어도 나는 실없이 웃고 있었다. 우연히도 시의 끝연이나 친구가 남기고 간 끝말이 일치했다. 그래서 또 웃었다.

'어찌 되려나? 설마? 야단이야 맞겠어!'

야단맞는 것은 친구의 일이었다.

오라는 이유도 모르고 왔다가, 오고 가는 심부름을 중간에서 해 준 친구가 고맙다. 다음에는 소문난 능이버섯삼계탕이라도 사 주어야겠다.

참 많이도 웃었던 하루에서 직장인 퇴근 시간이 가까워지고 있었다.

갓바위 회상

새벽 출근길이나 밤에 보는 작고도 먼 불빛.
아스라이 그려지는 경건한 추억과 미소들.
젊은 날 어린아이 안고 걸리며 참 많이 올랐고,
많던 도반道伴들과 무시로 올라 정진했던 곳.
아이와 오르내리며 많이도 입맞춤을 했고,
정확한 108배 1천 배로 마음을 다스렸던 곳.

생각하면 팔공산자락은 인간답기에 충실했던 곳.
찾아오는 지인들은 무조건 대우를 하면서,
누구나 빈손으로 보내지 않을 만큼 여유 있었던 곳.
그러다가 기연奇緣을 연이어 만났던 곳.
끝내 귀하디귀한 단전丹田을 얻고서,
분노로 절명한 목숨이 단전으로 다시 살아났던 곳.

기연으로 구한 9번의 목숨을 어찌 잊을까.
몸으로 겪고 본 수많은 기적들은 나만 알고 간다.
천기누설에는 마지막 목숨이 걸려 있기에,
입단속에 목숨 걸고 지천명을 찾으며 짐작한다.

세상살이 못내 아프면 하늘 향한 노래 하나 쓰고,
못다 한 인간 노릇 보완하며 만행滿行을 찾는다.

고독사 준비를 끝낸 남은 여정旅程은 선명하다.
갓바위 오르는 먼 불빛처럼 비록 작아도,
익숙해서 고요하고 후회 없을 길만 남았다.
무행행無行行으로 살아오신 님과 동행하는 길.
갓바위 부처님을 향해 갈 길이 저 불빛인가 보다.

2025年 1月 24日

고독사에게

건강을 챙길 수 있던 환경이 아니었다.
다시 세상에 나온 62세 이른 봄부터,
너는 가장 가까운 이웃이 된 이름이었다.
너의 이름은 A4용지에 적혀 거실벽에 붙었다.
너의 다른 이름은 비상 연락처였고,
마지막을 의지해도 용서할 것 같은 형님의 이름이
또 다른 너의 대신 이름이었다.

살아서는 세상에 필요 없는 쓰레기인 줄도 모르고,
잘난 맛으로 산 어리석은 몸뚱이였다.
죽어서 가장 빨리 소각되어야 할 쓰레기는,
아깝다고 여겨 온 내 육체였다.
숨쉬기를 멈추게 될 잠깐의 시간 뒤에,
세상에서 빠르게 사라져야 하는 쓰레기.
나我라는 몸뚱이의 숨어 있는 실체.

가장 가까운 현실인 너를 인정하고부터,
살아서도 쓰레기가 아니었을까로 나를 의심했다.

자연의 입장에서는 도움이 안 되는 쓰레기였다.

지금까지 살아옴을 용납한 자연이 감사해졌다.

쓰레기를 보아준 이웃도 더 감사해졌다.

하늘과 땅에도 감사함일 뿐이었고,

눈에 보이는 모든 것에도 감사함이었다.

나를 만나 주고 사랑해 준 이들도 더욱 예뻐졌다.

움직임에 이상이 생기면 쓰레기가 된다.

살아서 쓰레기로 살 수는 없으니,

건강부터 챙겨야겠다며 여기저기 몸을 확인한다.

가늘어진 종아리 근육이 먼저 감지된다.

내일부터 몸에 시간을 배당하기로 했다.

어느 날부터 너의 이름은 자연스러웠다.

육체와 정신의 한 부분으로 자리했다.

너의 이름이 이름다워지도록 심사에 들어갔다.

비상 연락처의 비상 신호가 작동하기 전에,

형제와 이웃에 못 한 도리부터 하는 것.

단순화시켜 살면 행동과 사고도 정직해진다.

주위의 이기와 욕심에 더 무심하기로 한다.

모자람과 계산들을 다시 덮기로 한다.

쓰레기로서 결산하기에도 너그럽기로 한다.
내 시간의 가치와 의미의 주인은 분명코 나이니,
행업行業의 결실도 명확한 내 몫이니,
더 자주 눈감으며 살기로 한다.

연고 없던 시골 마을에서 쓸모 있는 이웃은 되니,
언제라도 부르면 반갑게 대답하자.
나의 늘그막도 가장 젊은 세대에 속하니,
쓰레기가 되기 전에 쓸모라도 더 있게 하자.
쓰레기 소각비용부터 준비하고 늘려 가자.

사회적 표현인 너의 이름 고독사.
높은 이름이 붙어 그나마 다행이다.
고독도 자격이 있어야 웃고 즐길 수 있다.
네가 찾아오기 전에,
이름에 걸맞은 자격과 행行을 갖추기로 한다.
세상과 인생과 사랑에 대해서도,
더욱 존중하고 사랑하는 마음 키우기로 한다.
건강한 걷기로 몸을 다시 만들기로 한다.
걸어야 사는 것이고 회복해야 다시 사랑할 수 있다.

2022년 2月 26日 새벽 6시

같이 살아 볼래요?

한세상 끝나 가는 나이에 말해 보려니 어색하다.
지금껏 못 해 본 말, 한 번은 하고 싶었다.
심성 좋은 작은 당신을 만났다면,
'내게 시집올래요?'

어떻게 육십 중반을 넘기도록
이런 인연 하나 없었는가 싶다.
젊은 날 까탈스럽지도 않았는데.
글 쓰고 사진 찍고 영상연출을 했으니,
중년까지도 인기는 끝내주었는데.
한번 믿어 버린 잘못이 한세상 다 가도록,
이런 말 한 번도 못 해 볼 줄은 몰랐다.

멀쩡한 남자에겐 쉬운 말일 수도 있는 말,
'내게 시집올래요?'
육십 중반을 넘기고 보니 맺힌 말이 되었다.
한 번은 할 수 있었던 말을 하지 못한 이력.
많이 쓸쓸해지면 아주 가끔은 서러워졌다.

알고 가는 고독이라 참고 넘기지만,

평범하게 살고 싶던 따스함도 없던 격랑이었다.

많이 서러워지면 몸으로 겪은 기연을 떠올린다.

아홉 번이나 목숨을 건진 기연의 이유는 무엇일까.

한두 번도 아니고 아홉 번이었다.

그러면 사는 도리와 원칙이 다시 강하게 자리한다.

아주 가끔씩 반복되는 서러움에 대한 달램은,

그들의 인과응보와 후일을 알게 됐다는 것.

인과응보를 알 텐데 비켜 가리라는 심성들이 우습다.

한 치 앞도 모르면서 돈으로만 사는 줄 안다.

저승 가서 맞닥뜨릴 벼락을 안다면 어떨까.

긴가민가하며 사는 삶도 받을 때가 다가오는데.

상상만으로도 냉소가 되는 기막힌 돌머리들.

그러고도 스스로 똑똑하고 머리 좋은 줄 안다.

'꿈 깨세요, 머리 나쁜 것도 씁쓸한 겁니다.'

그래도 한 번 인연이 온다면,

남은 계획과 함께 걸을 길을 말해 주면서,

웃으며 처음으로 하고 싶은 말이 있다.

'같이 살아 볼래요?'

언제일지 알 순 없지만 지금껏 해 보지 못한 말.
자격 있는 이에게 삶의 가치를 알려 준 후에,
'뜨거울지도 모릅니다. 같이 살아 볼래요?'
사랑은 진심과 디테일에 있음을 알기나 할까.

이번생과 다음생을 같이 만들어 가는 삶이므로,
무겁고도 진지한 나의 말은 우습게도 아직 있다.
감정과 속내도 서로 알려 주고 풀어내면서,
이번생을 없다고 여기면 더욱 보람은 있을 터.
사는 재미를 만드는 것은 내 몫으로 돌리고,
바람처럼 던져 볼 비감悲感의 미소와 한마디.
'같이 살아 볼래요?ㅋ'

2022年 6月 7日

입춘立春에게

움츠리고 힘겨운 겨우내 살아 내기는,
얼어 버린 강변의 물새나 철새도 마찬가지였어.
아무런 만남이나 인연이 없었어도,
평화로이 물질을 하는 몸짓들이 참 대견했지.
인간과 유정有情으로 서로 보는 것도 좋았어.

돌아서며 문득 손글씨의 편지를 쓰고 싶었어.
없는 자리에 할 말을 놓거나 보내던 아스라한 편지.
기다림이 없었는데 안부로 나를 찾아오면,
고마움과 살아 내기의 명분으로 충분할 편지.
모자란 사랑에도 다시 살아 보겠다는 힘이 되었지

저만치 모두를 살리는 양陽의 기운으로 네가 오면,
세상 더럽힌 말종末種에겐 천벌天罰이 시작되겠지.
벅차도록 무량하고 끝없던 하늘 은혜는,
몸으로 겪었기에 끝내는 입이 닫혀 버렸지.
목이 길어지도록 기다린 보람이 마침내 왔어.
네가 오는 산 너머엔 하늘의 다스림도 동행했기에,

감사함과 경건함으로도 이미 설레고 벅차.

올해의 너를 만나 봄으로도 하늘에 감사해.

거짓과 약탈의 오랜 악행들이 천벌을 받는 시대.

하늘 결산에서 삶들의 성적표도 눈치채면 좋겠어.

목숨에 더해 등대를 보여 주신 은혜도 잊지 않겠어.

받음의 일부라도 세상에 돌려주기는 행복해.

물질과 돈에 이기며 살아 내는 방법도 배웠으니,

덤으로 남은 세월과 심사가 가난에서도 만족해.

2025年 1月 22日

엄마라는 소리

홀로 사시는 옆집 어른의 집에서는,
주말이나 평일에도 정겨운 소리가 담을 넘어온다.
엄마~, 엄마~, 또 엄마~다.
한 번 더 듣고 싶어 동작 그만, 귀 모아 집중이다.
1남 3녀가 교대로 오는지는 잘 모르지만,
귀에 익고 익어 너무나도 부러운 소리다.
추억에 끌려간 그리움과 파고드는 소리, 엄마―.
여운이 길어질 때는 1시간도 꼼짝 마라다.
내가 써 본 말과 너무나 같은 톤, 같은 음의 높이.

지나간 엄마의 사랑을 떠올리다 정신을 차린다.
여분의 팝콘이 다행히 남아 먹을 복이 있나 보다.
찾아온 심사가 문득 귀해져 봉지에 담아 나간다.
아드님은 제사 끝내면 차린 상을 아예 들고 왔다.
제사상의 어른, 상어돔배기와 탕국도 있었다.
어른 명命 덕분에 제사 음식으로 나는 호강하고,
어른 후광後光 덕분에 시골살이 백이 생긴 셈이다.
영천 호국원에 계신다는 '병역 병문가의 집' 팻말.

엄마라는 소리는 나를 울컥 잡는 애상곡哀傷曲에,
나를 꽁꽁 묶어 버리는 엄마 사랑의 포승줄이다.

2024年 12月 5日

길에게

하늘의 징조 읽으며 기다린 지 만 6년.
기氣로써 가늠하며 죽은 듯 산 세월이다.
산다는 것의 싫증에도 죽었다 여기며 버렸지만,
변하는 것밖에 없는 물질계의 무상無常과 인심.
넘치는 욕심에 무엇을 끌어안고 사는지도 모른다.
날마다 살아 움직이는 욕심과 이기利己들 속에,
비워지고 사라질 공空의 살아 내기를 무심히 본다.

말과 생각, 행行의 업業만을 믿고 주시하면서,
가볍고 흔한 말과 감정의 주작做作을 읽어 낸다.
주작에 던져 버린 젊은 날의 사표가 문득 살아난다.
그들의 업장業藏도 고스란히 살아서 정산됐다.
하늘법 다시 믿고 나의 살아 내기를 새벽에 본다.

어디쯤 왔고 어디로 가고 있는가는 분명한데,
감정들과 사랑하기도 이겨 내야 하는 겨울의 하루.
길에 대한 물음과 간절함도 접어 넣고,
한 끼도 먹지 않고 살아 내기의 쓸쓸함과 싸웠다.

밖으로 나가 입춘立春을 마중하지도 못한 채,

모든 눈眼에 보일 하늘의 다스림에 거듭 감사했다.

누구나 걷는 길은 저마다 만들며 걷는 길이다.

흔하지 않으면 길 없는 길이 되기도 하고,

즐기고 편한 길은 보이는 저자의 길이기 십상이다.

길마다 업장과 공덕功德의 쉼터와 갈래가 있어도,

한 생각, 한 말, 한 행行에 담기는 업業을 모른다.

어떻게 알려 주고 공유할까를 고민하며 살았다.

언제나 그림자로 일상에 따라붙는 하늘법칙의 업.

길 없는 길에서도 무행행無行行의 길이 제일이다.

목적도 비우며 행을 보이지 않는 무행행.

촛불과 장작 같은 살아 내기가 안스러워 전화를 하고,

업이 되지 않을 연애의 방법도 알려 주며 위로한다.

20년이 넘은 무행행의 일방적 고단함을 헤아리며,

이제는 덜 쓸쓸하시기를 기원한 입춘이었다.

하늘 믿고 다시 뜨겁게 살기에서 어떤 보탬 되어 볼까.

2025年 2月 5日

봄날은 간다

길 따라가며 감사하던 꽃비들 보지도 못하고,

외출 없이 자제한 시간과 바람에 꽃비는 갔다.

꽃비를 법비法雨로 여겨 감사함으로 왔는데,

비 또한 법비로 알아 어리석음을 줄여 왔는데,

짧은 꽃비 만남을 날씨 탓으로만 놓아야 하나.

떠오르는 얼굴들 가슴에만 넣으며,

전하고 싶은 말들도 자꾸 쌓기만 한다.

지킬 수 없는 말이 혹 섞였을지 몰라,

말문을 아예 닫고 무상無常을 미리 배운다.

현금이 말이었다면 큰 부자는 되었을 것을.

진리의 말은 돈보다 훨씬 가치가 큰 것이었는데.

올해의 꽃비는 만나 보지 못한 길손이었으니,

봄비라도 기다리며 젖어 가는 삶이길 기원한다.

봄비 닮으면 좋을 님은 기다리면 오려나.

하나 남은 인연의 끝이 문득 궁금해진다.

육체가 알던 지인 중에서 다가올 마지막 인연.

꽃비와 봄비에 더러 울어 본 사람일까.

격했던 인생은 아직도 가난하여 홀로서기 중인데,

눈이 깊어 내 상처 알아보는 인연이라면 좋겠다.

2025年 4月 20

가난한 인간에게

남아 있는 천륜天倫을 기다려 본 20년.
천륜의 권리가 나의 것임을 문득 알아냈지만,
권리 행사는 여유 있어 아직은 유보해 둔다.
너를 향한 업장業藏 창고의 화살촉을 꺼낸다.
하늘법 안에서 철저히 돌려주기로 작정했기에,
오랜 세월 문을 닫았어도 때가 되면 열린다.
절대로 용서가 아니 되어 만든 화살촉이다.

하늘께서 너의 사기와 거짓을 알려 주셨기에,
순진한 나의 화살촉 만들기는 늦어도 가능했다.
시위를 당기지 않아도 화살은 반드시 너에게 간다.
그 화살 피해 보려고 너는 오래, 무시로 찾아왔었다.
그 어떤 사과나 말장난, 대화도 거부했다.
계획된 사기는 내 젊은 날 인생 전부였기 때문이다.

너는 오직 돈만 알았고 과정과 도리를 버렸다.
이번생 과거와 과거생, 업장들을 알게 되면서,
너의 미래와 다음생까지도 얼추 짐작한다.

업장 결산에서 야무지게 돌려받고 영원히 끝낸다.
한 인생을 완전히 뺏고 부순 하늘의 과보는 어떨까.
나의 천륜까지도 너의 거짓 입으로 부수었으니,
동정과 연민의 티끌조차 아예 없다.

내 고독사 준비도 이미 마쳤으니 이제 힘을 키운다.
시위를 당기는 힘은 아까워서 쓰지 않는다.
화살은 이미 당겨져 가늠자에서 너를 기다리고,
저주도 아까운 과보의 화살은 날아가면 그만이다.
참회와 네 업장 덜어 냄의 기회도 나는 주었다.
내가 정한 마지막 한 번의 전화도 너는 외면했다.

나는 받을 것이 많아 너보다는 큰 부자다.
무상無常한 돈과 과정, 인간에서 너는 졌으니,
바닥으로 떨어짐과 여러 고초 이제 겪어 보아라.
분해서 오랫동안 쓰지 못한 글을 문득 적어 내린다.
한 번이라도 내가 따지고 계산을 했더라면,
터무니없는 인간에게 당한 인생 사기는 면했을 것.
모르고 죽었으면 복수의 원귀怨鬼가 되었겠지만,
하늘 은혜 덕분에 그 원귀 신세도 나는 뛰어넘었다.

2025年 5月 26日

세상살이 소회

느리게 사시라, 쉬어 가며 하시라,
인생에서 돈은 작고 건강함이 제일 큰 것이다,
눕거나 홀로 움직이지 못하면 끝난 인생이다,
기연奇緣으로 죽음들 넘고서 입에 달고 살았다.
무너지고 나서야 알 것들을 알려 주고자 했다.

죽은 목숨들은 돈의 허망함을 알고 모두 후회했다.
돈을 앞세운 삶 뒤에 만난 혹독함에 떨고 있었다.
산 목숨보다 죽은 목숨의 소원은 절실한 전부였다.
살아서는 몸으로 고쳐 갈 가능성이라도 있었지만,
죽어 보니 도움 될 동료나 이웃, 안내자도 없었다.
죽어서 떠도는 중음계中陰界는 가혹한 정글이었다.

인간들의 이기와 욕심들을 애써 이해했지만,
죽은 자의 소원들 전해 주어도 믿지 않았다.
가장 고마운 죽은 부모의 소원도 돈에는 허사였다.
몇백만의 돈에 지는 인간들이 씁쓸했다.
지인이나 친구 간의 거리도 점점 멀어졌다.

그간의 나의 인정과 관심까지 다시 점검했다.
자꾸만 인간이 싫어지고 세상살이는 쓸쓸해졌다.
어찌할 수 없는 나의 슬픔이자 고독도 되었다.

왜 사냐, 무엇을 할 수 있느냐, 홀로 거듭 물었다.
부모나 자식에게 받은 고마움도 갚을 줄 모르는데,
빼앗거나 부탁한 시간까지도 갚아야 하는 업業인데,
눈에 보이는 것만 보는 얄팍함으로 살아가는가.
알게 된 것을 단지 전해 줌을 내 본분으로 알았다.
도움되고자 한 내 비용 한 번이 1백만 원이기도 했다.

인간들 말 흘려보냄이 어떤 결과로 돌아가는지,
알지도 못하면서 똑똑하고 바른 척 아는 척이다.
본분과 기본이 없어도 인간 자격은 있는 것일까.
슬픔이 쓸쓸히 섞인 무상無常한 세상살이여.
홀로 웃다가 문득 돌아갈 천운天運의 나는,
다만 진실을 찾는 솔직한 인간이 되고자 했다.
간섭하지 않고 존중하는 사랑이고자 했다.

2025年 6月 13日

오랜 친구에게

49년을 사이좋게 만나 온 그대였던가.

그나마 내 말을 조금 듣는 이, 그대뿐이다.

나이가 들수록 하나씩 나아지긴 한다.

무상無常한 세월과 경험들을 놓고 비우면서,

나만 보면 울던 그대의 눈물이 끝나서 고맙다.

나도 왜 눈물이 없었겠는가.

나를 향한 연민으로 그대가 울면 나는 삼켰다.

얼마나 억울했으면 심화心火로 목숨이 끝났겠는가.

2006년 9월 8일 오전 11시쯤이 첫 죽음이었다.

지금도 살아 있으니, 얼마나 감사한 은혜인가.

아이와 동물들의 교감에는 지금도 눈이 젖는다.

저렇게 따뜻하게 살아야 한다고 나를 격려한다.

글을 왜 쓰게 됐을까.

늘그막의 시간을 알뜰히 쓰고자 함도 있지만,

9번 목숨을 건지며 알아낸 것을 전하고 싶음이다.

알아듣거나 믿지 않아도 좋다.

개인의 카르마(업業) 따라 흡수될 뿐이다.
모든 것 자업자득自業自得, 자작자수自作自受다.
믿지 않는 것도 그대의 몫이요 책임이자 카르마다.

부질없는 생각들을 늘 이겨 내시라.
좋은 생각은 몸과 행行으로 옮기시면 된다.
생각을 하지 않는 공부가 명상이고 낚시다.
감정들도 하나하나 의심하고 이겨 내시라.
공부를 하시면 직관 같은 지혜와 신통력이 생긴다.
그것에 머물지 말고, 비워 내면 올라가신다.
감정들을 이겨 내셔야 그대의 무게가 달라진다.
돈과 물질, 안락함의 욕심은 끝없고 부질없다.
만족도 한순간이요, 허망함만 남지 않던가.

물질계의 한계를 미리 알고 사랑하다가 가실 일이다.
절절하도록 뜨겁게 살기에 노력하실 일이다.
후회 없도록, 한 톨의 회한도 남지 않도록,
미리 놓고 비우며 연습하다 가실 일상이다.
평소의 생각과 행함도 그대의 다음생이 된다.

그대의 우정에 대한 보답은 사랑함밖에 없다.
관심과 연민도 속성은 사랑함이다.

이런 언설言說과 교유交有도 살아 있을 때뿐.

하늘법에 들어가면 그대를 만날 수도 없다.

기氣의 세상은 에너지와 차원이 비슷해야 만난다.

내 살아 있고 오지랖 있을 때, 찾아오고 물어 오시라.

2024年 10月 2日